나의 반쪽 그대여 안녕

난소암과의 전쟁 8년의 기록

나의 반쪽 그대여 안녕

난소암과의 전쟁 8년의 기록

김영만 지음 · 김영희 그림

HOLIDAYBOOKS

아내의 암을 확인했을 때 환자는 물론 나도 정신을 차릴 수 없었다. 이게 무슨 일인가 했다가 다음에는 뭘 어떻게 해야 하고 어떻게 진행될 것인지 모든 게 황당하고 난감했다. 내 아픈 경험담이 뒤에 올 사람들의 그 황당함과 난감함을 조금 덜어줄지도 모른다는 생각이 글을 쓰게 된 이유다.

아내의 암을 확인한 뒤에 내가 한 일은 암으로 가족을 떠나보낸 주위 사람들의 이야기를 들어보는 것이었다. 다음에는 교보문고에 가서 암에 관해 다룬 책을 10여 권 넘게 사서 세세히 밑줄 쳐 가면서 읽었다. 모두 다 내 불안과 그 노정의 얼개를 알아내는 데는 턱없이 부족했고 눈앞의 안개는 조금도 걷히지 않았다.

아내를 먼저 보낸 언론사의 선배는 아내의 투병 거론 자체를 마뜩잖아했고 아버지를 암으로 여읜 교수는 생강이 암 환자 관리에 중요하다는 점을 많이 강조했다. 서점에는 뜻밖에도 관련 서적들이 많지 않았다. 인구의 30~40%가 암으로 죽는데도 일본인 의사들이 쓴 서적들이 몇 권 있을 뿐이었다. 국내에서 암 환자를 다루는 전문의들이 환자나 보호자를 위해 쓴 책은 아예 찾을 수 없었다. 그나마 있는 책들은 어떤 음식이 암에 좋다는 류의 음식 레시피를 소개하거나 추천하는 책들이었다. 일본인 의사들이 쓴 책들은《의사에게 살해당하지 않는 ~》등 자극적인 제목을 붙이고는 의료 현장의 부분적인 부조리나 의사 중심의 치료 방식을 비판하는 데에 초점을 맞춰 보호자들이 바라는 조감도(鳥瞰圖) 성격의 책은 아니었다.

암 환자가 겪을 수 있는 전체 여정에 대한 이해 부족으로 나는 아내의 간병 8년 동안 내내 안개 속에서 헤매는 기분이었다. 그 안개 속을 조금이라도 더 환하게 들여다볼 수 있었으면 아내에 대한 간병과 대처가 더 효율적일 수 있었을 것이란 아쉬움은 아직도 남는다.

누군가에게 도움이 될 것이란 생각에도 그 반대되는 가능성 때문에 글로 옮기는 작업은 쉽지 않았다. '이렇게 하니까 암이 낫더라'라고 해야 하는데 암과의 싸움에서 진 이야기에 누가 관심을 기울일까 하는 고민이었다. 어쩌면 친구들에게 글을 돌려도 암 환자 보호자가 아니라면 "재수 없어."라 할지도 모르는 걱정도 있었다. 이 글을 블로그에 올리는 동안에 친한 친구들에게도 알려주지 않았던 것이 그런 걱정 때문이었다.

그럼에도 여러 생각 끝에 글을 쓰게 된 것은 역시 엄마의 죽음으로 나와 동병상련이 된 두 아들의 격려였다. 그런가 하면 블로그에 올리는 동안 아내와 비슷한 처지가 될 수도 있는 환우들과 가족들이 댓글로 보여준 절절한 공감과 격려의 메시지들은 책으로까지 엮도록 용기를 내게 했다.

나는 오랫동안 신문기자로 일했지만, 의학담당기자로는 일한 적이 없어서 상식 수준의 의학 지식밖엔 없다. 때문에 전문가가 읽으면 턱없는 이야기가 나올지도 모르겠다. 나름 열심히 기억을 더듬었지만 잘못된 기억이나 숫자가 나올 수도 있을 것이다. 나의 아내에 대한 애정과 또 다른 '아내들'에 대한 관심 때문에 저지른 무모함에 대한 대가일 테니 온전히 내가 져야 할 책임이다.

이 책이 환우들과 그 가족들의 황당함과 난감함을 조금이라도 줄여주었으면 하는 바람이다. 또한 하나 밖에 없는 인생의 반쪽들을 더 사랑하고 존중하는 계기가 되기를 바라기도 한다. 내 편은 하나뿐이어서다.

2024년 2월 가평 설악에서
김영만

목차

2부 재재발 암과의 싸움

3부 나의 반쪽 그대여, 안녕…

Space in space, 30F, Acrylic, cuivre on canvas, 2015

1. 아내가 떠났다

2021년 8월 17일, 여름이 기울고 있었다.

아내를 분당의 추모 공원에 두고 집으로 돌아왔을 때는 오후 다섯 시가 조금 넘었다. 장례 일정이 끝나자 상조회사 버스는 일행들을 출발지였던 일원동 삼성병원 장례식장 주차장에 내려놓았다. 작은아들 가족과 동생 부부가 병원 주차장에서 헤어졌다. 처가 식구들과 운구를 도왔던 조카와 사촌, 육촌들은 화장장에서 혹은 추모 공원 안치식이 끝난 뒤 이미 현장에서 흩어졌다. 도시의 현대식 장례는 기능적이면서 또한 요식적이었다.

어릴 때 혹은 중년까지 고향에서 치렀던 장례들은 선산에 안장한 뒤 집으로 오면 갈 사람은 가더라도 몇몇 가까운 가족과 친지들은 고인의 집에 남았다. 그날 밤 죽은 사람에 대한 추모와 함께 산 자들끼리 위로의 시간을 갖고 다음 날 아침 산소에 다녀오는 것까지가 온전한 장례 일정이었다.

큰아들 가족과 함께 분당 정자동의 아파트로 돌아왔다. 아들은 "그럼, 아버지 좀 쉬세요." 하면서 아파트 입구에 나를 내려놓았다. 그들은 4㎞쯤 떨어진 판교의 자기 집으로 갔다.

아들들도 아내가 운명하기 이틀 전부터 병원에서 머물렀고 장례를 치르느라 모두가 지친 상태였다. 그러니 아들이나 며느리도 모두 집에 가서 얼른 눕고 싶었을 것이다. 젖먹이는 젖먹이대로 초등학교를 막 시작한 손자는 손자대로 엄마아빠의 손길을 기다리고 있었다. 아들과 며느리는 해야 할 일들이 나보다 훨씬 많았고 휴식이 필요한 상태였다.

아들들은 위로받아야 할 대상이었다. 나도 어머니, 아버지의 아들이었고, 40년 전에 아버지를 멀리 보내드렸다. 아버지를 보내드렸을 때 나는 터무니없게도 자식들의 아픔이 어머니의 그것보다 작다고 생각하지 않았다. 아직 20대라 세상 물정을 몰랐거나 유달리 철이 없어서였을 것이다. 피도 섞이지 않은 사람들끼리 자주 다투고, 습관처럼 무시와 적대의 표현만이 오가던 그 시대의 농촌 부부상이 내 생각을 그렇게 만들었다.

아버지를 잃은 나의 아픔이 어머니의 그것보다 클 것이란 주인의식에 힘입어 큰 상주역을 해냈다. 부끄럽게도 사별한 배우자의 아픔이 세상 그 어느 것보다 크다는 것을 한참 나이가 들어서야 알게되었다. 자식과 배우자의 슬픔이나 아픔의 크기와도 비교조차 되지 않는다는 것은 내가 마침내 짝을 잃어보고서였다.

장례가 끝난 그날 저녁 누군가 한 사람쯤은 "혼자 집에서 주무시기 힘들 텐데 제가 같이 잘게요."라고 말해주기를 기대했다. 하지만 아무도 그런 말은 하지 않았다. 아들들은 아직 나만큼 철이 들지 않았으니 그들 잘못이 아니었다. 반대로 나도 아쉬움을 입 밖에 내지 않을 만큼은 나이 들어있었으니, 아무도 뭐가 잘못된 것인지 몰랐다. 대신에 큰아들은 차에서 내리기 전에 "아버지 혼자 주무시기 뭣하면 저희 집에서 주무세요."라고 말했다.

아내와 있던 집에 혼자 들어가는 것이 힘들고 잠을 잘 수 있을 것인지조차 요량할 수 없었다. 그렇다고 혼자된 첫날부터 아들네 집에서 기숙할 수는 없는 노릇이었다. 남은 세월을 가늠도 할 수 없는 터에 첫날부터 주체를 잃고 한심해질 수는 없었다. 쪽팔리는 일이었고, 그러면 진짜 눈물이 날 수도 있을 것이었다.

현관에 가지런히 놓인 아내의 신발이 그대로였다. 안방에 놓여있는 아내의 물건과 옷가지들, 식탁과 주방, 거실의 모든 것들도 그대로였다. 변한 것은 아무것도 없었다.

다만 아내는 다시는 이 집에 오지 않을 것이었다.

병원과 장례 과정에서 감정이 소진되었는지 그날 밤 당장 아내가 보고 싶거나 목이 메진 않았다. 그냥 설명할 수 없이 막연하다는 느낌이었다. 그날 밤 거실의 소파에서 잠을 잤다. 집에 침대를 두지 않았던 우리는 늘 거실에 요를 깔고 잠을 잤다. 아내가 아픈 뒤에도 계속 이런 방식으로 자다가 1년 전쯤 아내의 불편함이 조금씩 생기면서 그는 안방에서 문을 열어둔 채 자고 나는 거실 소파에서 자기 시작했었다. 장례식날 저녁에도 나는 거실 소파에서 잤다.

아내가 생전에는 열어두었던 안방 문은 닫고 거실 불을 켜두었다. 안방에서 예전처럼 아내가 힘없는 목소리로 "여보." 하고 찾을 것 같은 느낌이 있었다. 식탁 의자에 앉아 약을 챙겨 먹던 아내의 모습도 떠오르는가 싶었다. 피곤했던 탓에 생각보다는 빨리 잠이 들었는데 새벽에 잠이 깬 뒤에는 켜둔 불빛이 오히려 요요해서 좋지 않았다. 더는 잠들지 못했다. 식탁 의자 쪽으로 눈길이 가고 방문도 곧 열릴 것 같았다.

장례 다음 날 아내가 있는 추모 공원에 갔을 때였다. 아내의 함은 반공개된 2층에 있었는데 같은 구조의 1층 봉안당에서 40대가 되었을 법한 여자의 통곡 소리를 20여 분이나 보고 듣게 되었다. 봉안당 바닥에는 은박 자리가 깔리고 그 위에 과일, 떡 같은 제물이 놓여있었다. 그녀는 은박 자리에 퍼더버리고 앉아 "아이고, 아이고." 하는 곡이 아니라 그냥 서럽게 엉엉거리며 울었다. 제물 옆에는 대학생쯤인 젊은 여자가 엄마의 울음을 어깨를 동그랗게 말아 목을 집어넣은 채로 앉아 듣고 있었다.

뭔가 언밸런스했지만 그게 배우자와 자식의 차이쯤 되는가 싶었다. 나이가 젊은 만큼 혼자 감당해야 할 시간이나 경제적 부담의 무게가 나보다 훨씬 더 클 것이었다.

40대 여자의 통곡이 새삼 여러 생각들을 떠올리게 했다. 어머니만 해도 57세에 아버지와 사별했는데 같은 일을 당한 나보다 9살이나 젊은 나이였다. 그보다 더 전에 남편과 사별했던 친척 제수씨들의 아픔도 깜짝 놀랄 만큼 클 수밖에 없을 일이었다.

　아내의 상을 치르면서 나처럼 아내와 사별한 친구들의 부의금 액수가 다른 친구들의 평균보다 두 배쯤 많다는 걸 알았다. 누구에게도 직접 물어보진 않았지만, 같은 아픔을 겪어 보았기에 남들보다 공감이 크고 부의금 액수도 커졌을 것으로 정리해 보았다. 부의금 액수만이 아니었다. 나중에도 그들이 혼자 된 내게 다른 친구들보다 훨씬 더 관심을 기울이고 전화라도 한 통 더 해주었다. 공감이 모든 일의 가장 중요한 전제라는 것도 그제야 알게 되었다.

　나는 아내의 장례를 치른 뒤 어머니에게 전화하면서 아버지께서 돌아가셨을 때의 뒤늦은 부끄러움에 대해 사과했다. 어머니의 아픔을 헤아리지 못해 제대로 위로해 드리지 못했다는 나의 고백에 어머니는 40년 전의 일임에도 독백하듯이 말했다.

　"하늘이 무너졌는데… 자기 뜻을 제대로 못 펴고 간 게 많아서 더 안 좋았다."

　"살아갈 일도 걱정이 컸고…."

　당시에 어머니는 고향 집에서 동생 부부와 함께 살고 있었으므로 생활문제에 대해 큰 고민을 하지 않았을 것으로 생각했었다. 내 생각은 틀렸었고 이러나저러나 아버진 어머니의 하늘이었다.

　안타깝게도 나의 하늘도 무너졌다.

2. 간병이 행복이었네

Rhythm Virus IV, 39cmX39cm

투병 생활이 8년 차에 이르면서 아내는 자주 "힘들게 해서 미안해."라고 말했었다.

"그런 소리 마라. 지금이 가장 행복한 것이라는데 날 생각해서라도 오래만 살자."

나는 그때마다 지금이 행복하다며 시인처럼 이야기했다.

한번은 신달자 시인에게서 빌려 온 이야기를 해주었다.

아침에 창을 열었다
여보! 비가 와요
무심히 빗줄기를 보며 던지던
가벼운 말들이 그립다
오늘은 하늘이 너무 고와요
혼잣말 같은 혼잣말이 아닌
그저 그렇고
아무렇지도 않고

〈중략〉

시인 신달자의 〈여보! 비가 와요〉는 오랫동안 병석에 있다가 유명을 달리한 배우자에 대한 그리움을 담았다고 한다. 배우자가 세상을 떠난 후 어느 날 시인은 창밖에 오는 비를 보며 습관처럼 "비가 와요."라고 하는데, 뒤돌아보니 예전과 달리 아무도 듣는 이 없는 혼잣말이다. 병석에 오래 누워 힘들게 했지만 "비가 와요."라고 하면 들어주고 "하늘이 고와요."라고 하면 같이 쳐다봐 주던 것들이 얼마나 소중한 것이었던지…. 혼잣말밖에 할 수 없는 고독이 안타깝다. 간병 생활의 고통스러움과 생활고마저도 같이 있었음에 행복이었음을 시인도 배우자가 떠난 뒤에 깨닫는다.

시구 어디에도 세상을 떠난 배우자 이야기나 그에 대한 그리움을 이야기하지 않았지만 나는 이 시를 보자마자 배우자에 대한 그리움이 모티브임을 알았다. 〈여보! 비가 와요〉를 보기 전에 시인이 신문인가 잡지에 기고한 수필에서 이 이야기를 읽었기 때문이다. 나중에 그때의 그리움을 시로 옮겼음이다.

시인이 배우자가 하늘나라로 떠난 뒤에야 알았던 함께 있음의 절대적 소중함을 나는 시인을 통해 이미 알고 있었다. 작가들의 선험적인 예지력과 글쓰기가 고마웠다. 아내는 간병의 수고로움을 유명 시인의 이야기를 곁들여 간병이 행복이다로 치환해 주는 문과 졸업생다운 나의 성의에 감사해했다.

호스피스로 옮기기 전에 있었던 여주의 S 요양 병원 간호책임자는 우리에게 "남편분이 오랜 간병으로 지쳤을 텐데 긍정적이고 웃는 모습이어서 참 보기 좋다."고 말했다.

요양 병원 1인실에서 아내 환자를 돌보는 남편들은 지치고 우울한 경우가 많았다. 1인실에서 보호자를 필요로 하는 환자들은 대체로 오랜 항암을 거쳐 말기거나 말기에 가까운 상태에 있는 사람들이었다. 환자들은 항암의 고통과 스트레스, 조금씩 가까워지는 죽음의 공포를 보호자에게 하소연하는데 보호자가 배우자일 때 가장 노골적이었다. 하소연이 어떤 때는 짜증의 형태로, 기대에 못 미치는 보호자의 간병 태도에 대해서는 욕설로 보호자에게 향하는 것도 대학 병원 병상이나 요양 병원에서 더러 보았다. 환자의 고통을 온몸으로 함께 체감해야 하는 보호자에게 재정문제까지 겹치면 보호자의 정신적 육체적 어려움도 때로 환자의 그것에 견주어도 모자람이 없을법했다. 때문에 보호자 남편들의 표정은 어둡고 무거웠다.

아내는 부종과 복수와 흉수가 일었고 흉수는 몇 달 동안 배액관(drainage tube)[1]을 달아서 처리해야 할 정도였지만 암으로 인한 통증은 나타나지 않는 행운(?)을 누렸다(모든 암 환자가 암성 통증을 겪는 것은 아니라고 한다. 암성 통증을 겪지 않는 환자도 40~50%에 해당한다는 통계를 본 적이 있다). 거기다 아내는 1년에 1억 원까지 결제를 해주는 실손 보험의 가입자였다. 그런 행운으로 우리는 간병의 수고로움을 감사해하고 보호자는 시인의 이야기로 화답하는 사이좋은 부부상을 이어갈 수 있었다. 나는 간호부장의 칭찬을 받을 만큼 여유가 있었던 것이다.

신달자 시인이 〈여보! 비가 와요〉에서 느꼈던 애상은 내게 그대로 왔다. 시인의 감성은 나보다 많이 예민하고 뛰어났을 테지만 아픔의 크기는 그와 무관한 일이었다. 실전은 연습 때보다 대부분 구체적이고 노골적이다. 나는 혼자 있는 고독이 분노만큼이나 고통스러운 것임을 일찍이 경험하고 있었다.

---

1) 상처 부위, 수술 및 시술 부위 등 고름이나 용액, 혈액 등이 모인 것을 빼내기 위해 삽입한 관.

구소련이 해체되기 직전 1992년의 혼란스러운 모스크바가 내가 다니던 회사의 특파원 임지였다. 당시 대사관은 상호 개설되었지만, 특파원들에게 상주 비자를 발급하지 않아 사무실을 열 수도 가족을 동반할 수도 없었다. 대우상사 모스크바 지사에 근무하던 대학 후배의 아파트가 숙식 공간이면서 사무실이었다. 大 소비에트의 상권을 훔치려는 꿈을 가졌던 김우중(金宇中, 1936~2019)의 분신은 아침에 밥 먹고 나가면 저녁 11시나 그 이후에라야 들어왔다.

　나는 온전히 하루 종일 혼자였다. 누군가를 인터뷰하고 취재하고 기사를 썼지만, 여전히 나는 혼자였다. 시내에서 만나는 외국인 군중은 내가 혼자임을 더 뚜렷하게 하는듯 했고 TV 속의 러시아말은 위안은 커녕 스트레스였다. 현지 신문도 독서의 대상이 아니라 번역의 대상일 뿐이었다.

　고독은 자주 눈물을 부르기도 했는데, 어느사이 머리가 하얘지기도 했다. 모스크바에 가기 전 꽤 많은 흰머리가 있었지만 그래도 새치로 우길 수 있는 수준이었는데 모스크바 생활 6개월 만에 반백이 되어 버렸다. 영어(囹圄)[2]에서 생활하는 사람들이 머리가 하얘지는 경험을 나는 모스크바에서 하고 있었다.

　극심한 분노가 하룻밤 사이에 머리를 하얗게 만들기도 한다고 한다. 고조선 시대의 시가로 알려진 〈공무도하가〉는 머리가 하얗게 센 백수 광인이 물에 빠져 죽는 것을 본 그의 아내가 공후를 타며 슬퍼하다가 남편의 뒤를 따른다는 이야기다. 백수 광인이 누구냐를

---

2) 죄인을 가두어 두는 곳. 한때 형무소라고 부르다가 현재 '교도소'로 고쳤다.

두고 다양한 해석이 있지만, 그중에는 그가 고조선의 왕이거나 지배계급으로, 군사가 모두 죽어 나라가 망한 것에 분노하고 절망해서 하룻밤 사이에 머리가 하얗게 변한 뒤 물속으로 스스로 걸어 들어가 목숨을 끊은 것이라는 해석이 있다. 나는 이 설이 가장 그럴듯하다고 생각한다.

내 경험상 고독과 분노는 적게 쳐서 동급이다. 나는 모스크바 1인 특파원 생활을 통해 고독이 엄청난 물건이란 사실을 알아버렸었다. 거기다 아내가 발병하기도 전에 읽었던 신달자 시인의 수필을 통해 배우자와의 이별이 세상에 없는 고독을 불러온다는 사실도 미리 알고 있었다. 외부에 여유를 보여주고 있었지만, 나는 사실 아내가 죽음에 대해 느꼈을 공포와 거의 같은 크기로 혼자 남을 나에게 올 고독 때문에 공포스러웠다. 그러니 내가 아내에게 한 "간병하는 지금이 행복하다."는 소리는 사실 겁에 질린 나에 대한 위로였다.

"그래, 간병하는 동안은 행복했었다."

1부
암 환자가 된 아내

Unchained Melody 2, 120cmX80cm, 금속 체인, 스테인리스 철사, 아크릴, 2012

1. 난소암 4기, 생명 연장용 항암입니다.

2014년 한여름에 아내는 암 환자가 되었다.

갱년기 증상 등을 치료받으러 다녔던 서울 퇴계로 제일병원의 아내 주치의는 검사결과지를 보면서 "난소암인 것 같으니, 대학 병원으로 가보는 것이 좋겠다."라고 말하면서 미안해했다(산부인과가 특히 유명했던 이 종합병원은 2021년도에 없어졌다).

거의 정신줄을 놓은 상태로 달려간 서울대병원에서 복수(腹水)가 많이 차 있다면서 조직검사와 복수의 성분 검사를 진행했다. 담당 인턴은 복수 검사의 의미에 대해 "복수가 암으로 인한 것인지 다른 세균에 의한 것인지 알아보는 것"이라고 했다. 그는 "다른 세균에 의한 가능성도 크다."라고 좋게 말해주었다. 암세포에 의해 복수가 찰 정도면 심각한 상태라는 것쯤은 상식이다. 우리는 인턴의 '다른 세균일 가능성'이 립서비스란 걸 알고 있었다.

복수는 암세포 때문에 만들어진 것이었다. 암세포는 복막(腹膜)과 여러 군데의 림프를 넘어서 간문맥(肝門脈)³⁾까지 침범했다고 했다. 의사는 난소암 4기에 해당한다고 말했다.(나중 국립암센터에서 수술 후 붙인 병기는 난소암 3기 C였다) 졸지에 4기 암 환자가 되어 버린 아내는 넋이 나가버렸고 그녀의 남편인 나는 아득해서 우주에 혼자 선 느낌이 이런가 했다.

✿ 서울대병원서 난소암 4기 진단

창경궁 앞 서울대병원에서 패잔병이 돼 광화문 서울경찰청 앞 아파트로 돌아오던 길을 나는 아직도 잊지 못한다.

의사는 수술하더라도 수술 전 몇 차례의 항암을 통해 병변 부위를 줄일 것이라고 말했다. 인턴이나 레지던트도 아닌, 40대의 잘 나가는 서울대 교수는 환자 앞에서 친절하게도 항암의 목적이 '완치'가 아닌 '생명 연장'임을 강조했다. 항암에 들어가기 전에 환자가 사인해야 하는, 인쇄된 종이에는 항암의 목적에 대해 몇 가지가 선다형으로 나열되어 있었다. 의사는 환자 앞에서 이 종이를 내밀고는 "완치는 아니고… 생명 연장이 맞겠네."하고 모두에게 들으란 듯 혼잣말을 하면서 그곳에 동그라미를 쳤다.

아내는 첫 주사를 맞기도 전에 무릎이 꺾이고 있었다.

---

3) 위장관과 비장에서 나온 혈액이 간으로 들어가는 혈관으로, 소화관인 위와 소장, 대장에서 흡수한 영양분을 간으로 실어 나르며 간동맥과 함께 간세포에 영양을 공급한다.

"하, 말을 해도 꼭….”

옆에 있던 둘째 아들이 아내를 위로하듯 말하고 쳐다보았다. 아내는 '생명 연장'이란 단어에 이미 굳어 있었다. 나는 아직도 환자가 사인해야 하는 인쇄된 종이에 굳이 '생명 연장'이라고 표기해 환자들이 치료에 들어가기 전부터 무너지게 하는 병원의 야박함을 이해하지 못한다. 초기 환자라도 경우에 따라서는 완치를 못 하기도 하지만 반대로 3~4기의 중증이라도 약제와 환자가 잘 맞으면 환자는 완치한다고 하지 않는가. 설령 그런 야박함이 인과관계가 분명해야 하는 과학의 세상이어서 그렇다 하더라도, 과학도 치료 성과에는 환자의 의지가 중요하다고 말하고 있다.

✱ 무채색의 세계, 사물의 의미들도 사라졌다

현란하던 여름의 모든 색이 한순간에 없어져 버렸다.

집으로 오는 길의 건물과 가로수와 자동차, 행인들 모두 색이 없는 유령의 세계였다. 사물들은 형태로 남았거나 흐릿한 선으로만 다가왔다. 굳이 그래도 색깔을 말해보라면 그건 회색이었을 것이다.

세상이 삶과 죽음의 두 가지로만 나누어지는가 싶었다. 걸어가는 방향의 앞길만 조금씩 트일 만큼 시야도 좁아지고 있었다. 사물들은 색과 함께 의미마저 없어진 듯했다. 청와대 쪽을 보면서 5년마다 권력을 쥔 사람들이 나라를 움직이는 곳이라든지 경복궁 앞을 지날 때는 오늘은 중국 관광객이 많네 적네 생각하게 되는 것인데, 그런 의미들이 모두 사라진 듯했다. 우리만 지구에서 쫓겨나고 있는것 같았다.

그러다가 서촌 먹자골목 시장 앞의 한 풍경을 보고 갑작스레 눈물이 솟았다. 경복궁 서문 건너편 시장 앞에서 1톤 트럭에 과일을 놓고 파는 40대 부부의 모습이었다. 우리의 불행이 구체적으로 실감이 되는 순간이었다.

"건강하게 사이좋게 과일을 파는 저 부부는 도대체 얼마나 행복할까?"

길거리 노점 부부에게서 천국의 행복을 발견할 만큼 우리는 가난해졌다. 그동안은 그래도 세상이 재미있다고 생각하며 살아왔던 우리였다. 그런데 환갑도 맞기 전에 세상에서 가장 불행한 부부가 되어버린 것이다. 나는 2년 뒤, 아내는 3년 뒤에야 환갑을 맞았다.

❀ 끝도 모른 채 걸어 들어간 투병의 터널

우리는 길이는 물론이고 끝의 존재 여부도 알 수 없는 긴 터널 속으로 암과 싸우기 위해 걸어 들어가기 시작했다. 아무도 그 터널의 내용을 설명해 주지 않았다. 사람마다 터널의 내용이 백인백색(百人百色)이라는 이야기들만 들려왔다.

청국장과 나물을 먹으면 산다는 책이 있는가 하면 항암 주사를 맞지 않고 수술도 하지 않아야 그나마 편하고 오래 산다고 이야기하는 책들과 경험담도 있었다.

정작 의사들은 터널 안으로 들어가라는 말만 할 뿐 터널 안의 세계에 대해서는 아무런 말도 하지 않았다. 그들끼리의 묵계인지 실제로 아는 것이 없는지 지금도 궁금한데, 환자나 보호자로서는 지나 놓고 생각해도 기가 찰 노릇이었다. 교보문고에서 10권이 넘는 책을 샀지만, 암에 걸리면 어떻게 되는지 터널 안은 어떻게 생겼는지 설명해 주는 책은 없었다.

우리는 결국 그 터널을 살아서 통과하지 못했다. 아내는 만 7년 3개월 동안 몸과 마음 모두가 소진돼 촛불이 다 타서 꺼지듯이 사라졌다. 보호자이자 유일한 전담 간병인이었던 나 역시 죽은 몸이었다. 살아서 터널을 나온 대신 나는 '외로움'을 형벌로 받았다. 하룻밤에도 머리칼을 하얗게 만든다는 '고독'을 나는 이번 생이 끝나는 날까지 가져가야 할 것이었다.

그러니 살았으나 죽은 것과 별반 다르지 않았다.

암 진단 당시 있었던 복수는 진단받은 지 만 7년에서 1개월 모자란 2021년 5월에 다시 나타났다.

2. 집의 개도 동네 개도 짖지 않았다

기다림, 90.9cmX65.2cm, 2003, Oil on canvas

암 진단을 받은 후에 나는 아내가 미워졌다. 선천적으로 건강체질이었던 사람이 왜 암에 걸렸는지가 우선 이해되지 않았다. 그보다 더 아쉬웠던 것은, 여러 증상이 있었을 텐데 어떻게 막바지에 이르도록 병원에서 제대로 된 검사를 받지 않았는지 원망스러웠다. 미련해 보였고 미웠다.

그럼에도 나의 잘못은 단 1%도 줄어들지 않았다. 나는 그의 유일한 동반자이자 보호자였다.

✿ 아내는 충치도 없었던 건강 체질

아내는 암 진단 2~3년 전부터 살이 찌고 허리가 두꺼워졌다.

처음 진단을 받은 제일병원은 대학 병원은 아니어도 산부인과로 유명한 종합병원으로 퇴계로 쪽에 있었다. 그는 그곳에서 갱년기라고 스스로 진단했던 동안 호르몬 치료 등을 받는다고 이야기했고 나도 그렇게만 알고 있었다. 소화가 잘되지 않고 살이 찌는 증상을 자신은 물론이고 친구들도 모두 갱년기 증상이라고 이야기하고 믿었다. 169㎝의 키에 다리가 길었던 아내는 그래도 동년배들보다 훨씬 나은 체형을 유지했다. 그녀의 친구들은 모임에서 살이 찐다는 걸 걱정하는 그녀를 타박했다.

"우리 나이에 그런 배도 안 나오니. 넌 그래도 아직 선녀다."

물론 그에게서 뒤에 들은 이야기다.

암 진단을 받은 그해 들어서는 복부가 차게 느껴지고 숨이 약간 차는 듯한 증상도 있었다. 복수가 차서 느낀 증상이란걸 나중에야 알았다. 이 역시 평소에 있었던 약간의 저혈압 증상과 갱년기 증상이 합쳐진 걸로 믿었다 한다. 병원에 가야 한다는 나의 지적은 그해 처리해야 할 집안일들을 정리한 후에 간다는 걸로 마무리됐다.

도둑맞으려면 동네 개도 짖지 않는다고 했다. 눈을 뜨고 짖는 개가 한 마리는 있어야 했는데 그러지 못했다. 집에서 잠을 자지 않고 크게 짖어야 할 역할을 맡았던 워치 독은 남편인 나였다.

그 몇 해 전, 나는 다니던 회사를 정치의 여파로 어쩔 수없이 그만두었다. 작은 회사에 적을 두고 다른 일을 모색 중이었다. 매우 작은 회사였으므로 당연히 큰 은행이나 대기업들이 배우자에게 제공하는 건강검진 혜택이 없었다. 사실 배우자 건강검진 혜택은 앞서 수습으로 들어가 30년간 다녔던 큰 회사에서도 없었다.

형편 좋은 대기업들이 가족들에게도 건강검진을 받게 한다는 것은 나중에 둘째 아들이 SKT에 들어가고 나서야 알았고, 은행이나 다른 대기업에 다닌 친구들도 회사에서 아내의 건강검진 혜택을 받았다는 걸 알았다. 그때 나는 미안하고 신기했다. 집에서 살림하는 부인들이 자비로 충분한 수준의 건강검진을 받는다는 것은 그때나 지금이나 월급쟁이들에겐 쉽지 않은 일이었다.

2013~2015년에는 내가 아주 작은 회사에 적을 둔 관계로 집안의 돈 씀씀이가 매끄럽지 않았다. 아내의 재테크 덕으로 동년배에 떨어지지 않는 수준의 집도 있고 했지만 당장 쓸 돈은 충분치 않았다.

가장의 대외활동이 위축되어 있어 집안의 분위기도 업되기보다는 조금 다운된게 아니었나 싶었다. 그런 부분도 아내의 난소암 발견을 늦게 만든 요인이 되었다.

아내는 그때까지 내가 아는 한 갱년기 증상 치료 외에는 평생 의료보험 손실을 끼친 적이 없을 정도로 병원 신세를 지지 않는 건강 체질이었다. 약간의 저혈압 증상은 있었지만 이도 여름처럼 기온이 올라갈 때 힘이 빠지고 나른해지는 정도였다. 이것 때문에 병원을 가본 적도 없었다.

그는 감기도 잘 걸리지 않았고, 고르고 건강한 치아를 부모로부터 물려받았다. 하늘나라로 갈 때까지도 충치가 없었다. 아이들의 외할머니도 95세에 돌아가실 때까지 충치나 빠진 치아가 없었다. 스케일링도 필요성을 느끼지 않았지만 해야 한다니까 서너 번 했을 정도였다.

그만큼 병원은 아내에게 멀리 있는 존재였다. 동시에 어지간한 병에는 병원에 가지 않고 자체 면역력으로 해결해야 한다는 믿음과 고집이 있었다.

❀ 갱년기 증상 치료하던 병원도 발견하지 못한 것

2014년 무렵만 해도 자궁 초음파 검사 등이 의료보험이 되지 않았다. 그런데 난소암은 자궁경부암과 달리 초음파를 해야 발견된다고 한다. 당시 보건당국이나 당사자들이 빈도가 높은 자궁경부암 검진에 신경을 많이 쓰고 난소암에는 신경을 덜 썼다는 이야기도 있다. 모든 일에는 투자의 우선순위가 있는 것이니 난소암에 대한 대책 부족을 보건당국에 따질 수도 없는 일이다. 환자와 보호자가 유사한 증상이 있었으면 효과적인 검진을 받았어야 했는데 그렇지 못한 책임이 있을 뿐이었다.

아내가 암 진단을 받은 그해에 암을 발견하게 된 것도 고교 동창이자 외환은행 지점장으로 있던 절친인 K의 종용 때문이었다고 했다. K가 초음파 검사를 해봐야 한다고 떠밀었다고 했다. 아내는 암을 뒤늦게 발견한 후에 누구도 원망하지 않았다. 자신이 자기의 몸을 과신했던 것이 사태의 가장 큰 책임이었다고 생각하는 것 같았다. 구체적으로 물어보지 않았으니까 짐작할 뿐이었다.

이리 돌려보고 저리 돌려봐도, 누군가에게 책임을 미뤄도, 한 가지는 끝까지 후회스럽고 한가지는 의아했다. 후회스러운 것은 아내가 불편함을 호소했는데도 어쨌거나 검진을 받도록 하지 못한 것이다.

내겐 우등생 기질이 없었다. 우등생들은 예습을 철저히 하며, 복습도 게을리하지 않는다. 예습을 잘하는 사람은 상황을 예상할 줄 알고 거기에 예비할 줄도 안다. 바둑이나 장기로 치면 몇수 앞을 내다보는 것인데 인생이라고 해서 다를 바가 없다.

앞을 내다보지 못하거나 게을리 하면서 결과에 따라 움직이는 사람들도 학습 능력이 뛰어나면 공부를 잘할 수도 있다. 그런 사람들은 재수나 삼수하는 경우가 많다. 그래도 복습을 충분히 해서 결과만 같으면 되지 않느냐고? 하지만 아니다. 예비할 줄 모르는 나의 습성이 결국 이런 참사를 빚었다.

아내의 암을 발견하고 치료하는 일은 재수나 삼수, 복습으로는 회복할 수 없는 일이었다.

✤ 살찌고 숨이 가빠져도 갱년기 증상인가

두 번째는 아내가 몇 년씩 부인과 전문병원에 다녔으면서도 어떻게 난소암이 3~4기에 이르도록 발견하지 못했을까 하는 점이다. 의료보험이 되지 않았어도 의사가 권했으면 초음파를 하지 못할 형편은 아니었다. 몇 년에 걸쳐 같은 병원에 다니고 갱년기 증상과 소화불량 등을 호소했으면서 초음파 검사를 해보지 않았다는 게 오히려 이상했다. 아내에게 그런 의문을 물어보고 싶었지만 투병하는 동안 한 번도 물어보지 않았었다. 환자에게 책임을 미루고 따지는 듯해서였다.

아내가 하늘나라로 간 뒤 서류들을 정리하는 과정에서 아내가 생전에 받아놓았던 진료기록을 통째로 볼 기회가 있었다. 암 진단을 받은 후 국민연금을 장애인 연금으로 바꿔 받기 위해 연금공단에 제출해야 했던 의무 기록들이었다. 거기에는 갱년기 증상 말고도 아내가 여러 차례 소화 불량 또는 위궤양 등의 증상으로 진료받은 것으로 나와 있었다.

몇 차례 약을 처방받았을 텐데 증상을 계속 호소했으면 뭔가 다른 조치가 있었어야 했을 것이다. 그런데도 소화기와 관련한 증상에 대한 진료는 2년 넘게 계속해 기록돼 있었다. 모든 암이 그렇긴 하겠지만 난소암은 특히 초기에 발견하느냐 3·4기에 발견하느냐에 따라 생과 사가 갈린다고 했다. 최초 암 진단을 했던 의사가 유달리 가족 일처럼 미안해했던 것이 새삼 생각날 수밖에 없었다.

나이 들면 친구들끼리도 혹 얼굴 나쁜 친구를 만나면 검진을 받아보라고 권유한다. 이렇게 해서 큰 병을 발견하는 경우가 생각보다 많다. 식구들은 매일 보는 얼굴이어서 얼굴 변화를 눈치채지 못해도 오랜만에 만나는 친구들은 변화를 알 수 있어서다. 그런데도 친구들마저 "안 그런 사람이 어디 있냐. 너는 아직 선녀다."라고 '덕담'만 주고받았다. 동네의 개들은 침묵했던 것이다.

결국 아내를 지켜야 할 집의 개도 이웃의 동네 개도, 심지어 전문 훈련을 받은 병원의 개들까지 모두 짖지 않았다.

그래서 운명이란 게 있는 것인가 하고 되묻게 된다.

3. 세계 제1의 의사 박상윤을 만나다

새들의 합창, 110cmX145cm, 2014

✽ 아내 친구가 보내준 난소암 명의 박상윤 스크랩

서울대에서 병변 축소를 위한 항암을 한차례 했을 때 아내를 언니라 부르며 친하게 지내던 미술 분야 친구인 Y씨가 조선일보 기자인 남편이 발견한 것이라면서 정보를 알려왔다.

난소암은 복막(腹膜)으로 전이되면 이를 떼어내는 작업이 매우 어렵다고 한다. 복막이란 게 배에 있는 다양한 장기들을 둘러싸서 보호하고 지탱하는 얇은 막이다. 여기에 암이 옮겨가면 덩어리로 있지않고 씨앗 뿌려지듯이 여러 군데 달라붙어 있게 돼 막을 살리면서 암 조직을 떼어내는 작업이 어려울 수밖에 없다는 것이다.

그런데 국립암센터 산부인과의 박상윤 교수가 이 부분에 세계적인 명성이 있다고 했다. 그러면서 Y씨는 그를 다룬 중앙일보의 한 달 전 기사를 보내주었다. 신문에 따르면 박 교수는 복막에 파종된 암 수술의 세계 최고수인 워싱턴 암센터의 폴 슈거베이커(Paul H. Sugarbaker, 1941~)에게 사사하는 등 세계적 고수들로부터 비기(秘技)를 전수한 특별한 의사라고 했다. 경제협력개발기구(OECD) 건강관리 보고서에서 우리나라 자궁경부암 환자의 5년 생존율은 76.9%로, 회원국 평균 66%보다 높았다고 한다. 그런 가운데서도 그는 1위 중의 1위라는 평가를 받고 있다고 했다. 난소암의 경우에는 세계적으로 5년 생존율이 40%, 4기의 5년 생존율이 15% 이상이면 수준급으로 평가받는다고 한다. 그런데 그는 둘 다 60%에 가깝다는 것이었다(자궁경부암, 난소암, 복막암은 같은 계열이고 수술법이나 치료약물이 같다고 한다).

망설일 이유가 없었다. 산부인과에서 수술을 전문으로 하는 의사가 전담의 겸 집도의가 되는 것이 좋을 것으로 판단했다. 서울대에서는 종양내과 교수가 전담의여서 산부인과나 외과 의사가 협진 형식으로 수술을 맡을 것이었다. 서울대 전담의로부터 '생명 연장용 항암'이라는 말을 들어 가족들이 울컥했던 것도 병원을 옮기는 데일조했을 것이다.

유명한 교수여서 지금 전화하면 몇 달 뒤에나 오라 하려나 걱정하면서 걸었던 둘째 아들의 문의 전화에 병원 측은 그다음 주에 예약을 잡아주었다. 뜻밖이었다. 박 교수는 두 차례만 수술 전 항암을 더 한 뒤 수술할 것을 권했고 일정이 진행됐다.

그는 50대 후반이거나 60쯤 되어 보였었다. 까무잡잡하고 작은 얼굴이 그를 더욱 강단 있고 민첩해 보이도록 했다. 전형적인 외과 칼잡이의 모습이겠거니 했다.

❁ 4시간 넘었던 수술, "수술은 잘 됐습니다"

2014년 9월 24일, 박 교수의 집도 아래 보조 의사 두 명과 협진 의사 한 명 등 네 명의 의사가 참여한 수술은 4시간 넘게 진행됐다. 두 아들과 함께 밖에서 기다리던 내게 박 교수는 수술이 성공적으로 이뤄졌다고 말했다. 그는 복막에 있는 암들을 아주 작은 부분을 제외하고는 모두 제거했고 여러 군데의 림프절과 여러 장기를 제거했다고 설명했다. 아주 작아 수술로 제거할 수 없는 부분들은 앞으로 있을 항암제 약물 투입을 통해 없앨 것이라고 말했다.

그는 수술 후 설명에서 "수술 후 진단은 복막암 3기로 보이며 추후

병리 검사 결과를 통해 최종적인 결론을 내린다."라고 말했는데 이후 모든 의무기록지와 진단서 등에는 진단명이 난소암 3기 C로 표기됐다. 여기서 C는 ABC 3단계 중의 C로 3기 중에서도 말기를 의미하는 것으로 알고 있다. 또한 그는 "난소암의 수술 후 생존율을 결정짓는 데 가장 중요한 예후 인자인 수술 후 잔류종양의 크기는 0.1㎝로 소장간막에 남아 있다."라고 한 것으로 기억된다.

복막암이 어떤 경위로 난소암으로 최종결론이 났는지는 그 뒤에 의사도 설명해주지 않았다. 수술 기록지나 병리 검사 결과지를 보면 알 수 있겠지만 그들만의 앞뒤 자르는 의학용어들을 사전을 찾아가면서 분석할 만큼 중요한 사안이 아닌 듯해서 그냥 두어버렸다. 비슷한 질문은 했을 법한데 박 교수는 "세 가지 암은 치료 방법이 같다."라고 강조했던 듯싶다. 굳이 설명할 필요가 없다는 듯했다.

〈수술 후 설명서〉에는 구체적인 수술 이름이 나열돼 있었다. 자궁과 난소, 난관, 대망(greater omentum)[4]이 절제되고 골반과 대동맥 주위, 간문(肝門)[5]의 림프절이 절제되었다. 또 횡격막 절제술로 우측 횡격막의 80%를 절제하고 비장도 떼어냈다고 했다. 림프절 절제에 대한 설명에서는 "장(腸) 손상, 특히 십이지장 손상이 발생할 수 있다."고 했는데 몇 년 뒤 십이지장 유착이 가장 먼저 나타났으니 박 교수의 설명은 정확했던 셈이다.

---

4) 큰 그물막이라고도 한다. 위의 아랫부분에서 배 안의 창자 전체를 싸고 있는 넓은 막으로, 배 안의 액체를 흡수하며 창자와 복막 사이를 채우고 있다.
5) 간에서 혈관, 신경, 간관, 림프관 따위가 드나드는 곳.

✿ 난소암 3C로 정리합니다

서울대병원에서 4기라고 이야기했던 것이 항암을 통해 병변이 축소되었기 때문에 3기 말이 된 것일 것으로 생각됐지만 이 역시 확인하진 못했다. 궁금했지만 그런 궁금증을 풀기 위해 질문을 주고받을 여유는 서로 없었다. 수술에서 부분 절제된 부위들에서 나중에 대부분 암세포가 재발했다.

림프절은 특히 두고두고 애를 먹였다. 림프절을 절제한 뒤부터 다리 부종이 있어 암센터에서 박 교수 진료실의 바로 옆방에 있던 전문의의 별도 진료를 받기도 했다. 그래도 암이 막바지에 다다르기 전까지는 집에서 하는 마사지 정도로도 유지할 수가 있었다. 그러다가 복수가 차기 시작할 정도로 암이 악화하자 삶의 질을 떨어뜨리는 제일 큰 요인이 되었다. 마지막 보름 정도는 다리와 서혜부(사타구니) 쪽이 심하게 부어올라 환자는 물론 보호자를 어렵게 만들었다.

서울대병원에서 1차 항암을 했을 때 기대 여명이 3개월이란 이야기가 나왔었다. 인턴인 주치의는 환자와 둘째 아들에게 PET-CT를 보여주면서 "온몸에 암세포가 퍼졌다."라면서 "이 상태에서의 기대 여명은 3개월 정도다."라고 말했다. 우리는 그때 서울대 인턴이 지나치게 친절한 것이 야속했지만 그의 말이 팩트였음을 7년 뒤 병세가 악화하는 과정에서 확인할 수 있었다. 아내는 항암제의 효과가 없어지면서 2021년 5월부터 다시 복수가 차기 시작했는데 이후 4개월을 더 버티지 못했다. 2014년 수술하기 전에도 복수가 찼으므로 효과적인 수술과 항암이 없었다면 기대 여명이 3개월일 수도 있었지 싶다. 수술 후 아내의 투병 과정을 보면서 우리는 박 교수가 명성에 걸맞게 수술을 훌륭하게 해냈다고 믿게 됐다.

의사들은 수술이건 시술이건 하고 나서 대체로 같은 표현을 쓰는 것 같았다. 수술이 성공적이었다거나 시술이 잘됐다는 것이다. 실제로 수술이 대부분 잘되었을 것이겠지만 앞으로 있을 수도 있는 의료 분쟁 등을 염두에 둔 다소간은 습관적인 표현일 가능성이 높아 보인다. 살아가면서 수술이나 시술을 하고 나서 그럭저럭 됐다든지 만족스럽지 못하다든지 실토하는 의사를 만난 사람은 거의 없을 것이다.

암 환자의 보호자로 살아가는 기간에도 그런 경험을 직접 하기도 했다. 아내가 암과 싸우는 동안 나의 오른쪽 눈에는 '망막원공(retinal hole)[6]'이라는 병이 찾아왔다. 어느날 갑자기 도로 주변의 전봇대 위쪽 왼편이 패여 보이기 시작했다. 망막에 구멍이 생긴 것이라 했다. 강남의 꽤 유명한 S안과의원에서 시술을 받았는데 시술 직후는 물론이고 점검차 진료를 받을 때마다 의사는 단 한 번도 빼놓지 않고 "수술은 아주 잘되었고요."를 먼저 말했다. 그는 환자의 질문도 그다음에 받았고 정작 환자에게 해주어야 할 더 중요한 이야기도 컴퓨터 촬영 화면을 보면서 수술이 잘되었음을 확인시킨 뒤에야 했다. 진료 때마다 같은 이야기를 듣다 보니까 오히려 수술이 잘되었을 것이란 최초의 믿음도 흔들리는 것 같다고 같이 갔던 동생과 뒷담화할 정도였다.

---

6) 주변부 변성과 관련해서 망막이 얇아지면서 생기는 둥근 구멍.

수술이 깔끔하게 끝나지 않은 경우도 뜻밖에 흔하다고 들었다. 내가 아는 친구의 부인은 같은 난소암으로 아내보다 3개월 앞서 5대 메이저 병원 중 한 곳에서 유명 교수의 수술을 받았었다. 그녀 역시 복막에 암이 전이된 난소암 3기 판정을 받았다.

친구는 수술 후 복막 등에 꽤 큰 암 덩어리들은 제거하지 못했다는 이야기를 집도의로부터 들었다고 했다. 그녀는 수술 후 계속 항암 치료를 받았으나 암이 사라진 관해(寬解, remission) 상태를 거의 누리지 못했다. 그녀는 암 진단을 받은 뒤 3년을 채 버티지 못했다.

❊ 18군데의 구체적 수술 부위들

수술이 끝난 뒤 며칠 뒤에 떼어 본 의료기록 사본에는 〈복막암 종양감축술(cytoreductive surgery)〉이란 수술명 아래 〈수술 후 설명서〉보다 훨씬 더 자세하게 무려 18개의 구체적인 수술 부위 이름이 기록돼 있었다. 수술 후 설명서에 들어있는 큰 수술 말고도 방광, 장막, 빈창자, 돌창자[7], 결장[8], 방광 등에도 0.1㎝ 이상의 암세포들이 종양 혹은 씨앗 형태로 뿌려져 있었다고 했다. 특히 대장의 경우 A(상행결장), T(횡행결장), D(하행결장), S(구불결장)의 네 부분 결장(結腸)에 0.1㎝ 크기의 암세포들이 있는 것으로 돼 있었다.

---

7) 작은창자(소장)의 가장 긴 끝부분을 말한다. 회장으로 불렸던 돌창자는 돌기 모양인 형태를 일컬어 붙여진 우리말 명칭이다. 배꼽부위의 오른쪽 아래에 위치하여 골반 내부까지 닿아 있다.
8) 맹장과 직장 사이의 부분.

여러 가지 장기의 이름을 나열했지만 나도 이런 이름들이 구체적으로 어디에서 무슨 역할을 하는 장기인지 잘 모른다. 대부분 진료기록에 나와 있는 영문 표기를 사전에서 찾아서 쓴 것들이다. 일반인들이 잘 모르는 것들이란 이유에선지 병원에서도 충분히 설명해주지 않았다.

아내가 난소암 3기 C 진단을 받고 비교적 오랜 기간인 8년을 버틴 것에 대한 평가는 다양할 것이다.

의학적 전문지식을 가진 주위 사람들은 "서윤(瑞潤)이 이렇게 버틸 수 있었던 데는 박 교수의 뛰어난 수술 실력이 큰 몫을 차지할 것"이라고 말했다. 8년 생존이 성공적인 결과라면 서윤의 월등한 생존 의지를 박 교수의 세계적인 수술 실력이 뒷받침했기 때문으로 믿고 있다.

서윤은 영희라는 너무 흔한 자신의 호적 이름 대신에 쓰고 싶어 했던 아내의 다른 이름이었다. 아내는 난소암 카페 등에서는 '수승(水昇)'이라는 닉네임을 썼는데 좌선에서 말하는 '물의 기운은 올리고 불의 기운은 내린다'라는 수승화강(水昇火降)에서 빌려다 썼다고 했다.

4. '김의신 食'과 요양 병원 암 식단,
뭐가 정답일까

수술하기 전에 이미 3차례의 항암 주사를 맞았다. 서울대병원에서 한 차례, 국립암센터에서 두 차례를 맞고 수술에 들어갔으므로 수술 후 항암은 벌써 2차가 되는 셈이었다. 하지만 나중에 본 병원의 소견서 등에는 수술 전후 9차례의 항암 주사를 '1차 항암'으로 표기하고 있었다.

우리는 수술 후 박 교수가 "난소암은 다행히 항암 약물에 아주 잘 반응한다."라고 말해 크게 고무되었다. 수술 후긴 하지만 체력에 큰 문제가 없어 항암은 순조롭게 진행됐다. 3주에 한 번씩 맞는 주사로 한 번에 4~5시간이 걸린 것으로 기억한다.

주사약 이름은 '탁솔(Taxol)'과 '네오플라틴(Neoplatin)'이었는데 탁솔은 30, 네오플라틴은 450㎎이 투여되는 것으로 이해했다.

우리는 약이 잘 듣는 병이라는 말이 완치가 된다는 뜻으로 받아들였다. 이에 고무돼 주사약 주머니와 줄을 주렁주렁 매단 채로 병원 휴게소 테이블에서 김밥과 샌드위치 등을 사다 먹었다. 그때는 항암 중이라는 사실도 잊고 가정사와 병원 이야기로 수다를 떨기도 했다. 잔존 암이 있어도 나을 거란 희망이 있어서 오히려 즐거웠던 시절이었다. 항암 주사를 맞는 동안은 찬 주사액이 몸에 들어가 으슬으슬 춥기도 하고 소변이 자주 마렵기는 해도 잠을 자면서 맞을 수 있을 만큼 견딜만하다고 했다.

✿ 병원비도 약값도 5%만 부담

아내가 잠을 청하면서 주사를 맞는 동안 나는 암센터 정문 근처의 약국에 들러 처방전을 주고 항암 주사 전후에 필요한 약들을 미리 사놓곤 했다. 의사 처방전은 구토나 가슴 울렁거림에 대비한 약물과 하얀 알약으로 된 스테로이드 등으로 구성돼 있었다. 약도 3종류 정도인 데다 암 환자 5% 적용으로 약값이 1천 원에도 못 미쳤다. 동전을 준비하지 못해 카드로 계산하기 마련이어서 약을 살 때마다 조금 민망했다. 일부러 약국도 조금 덜 바쁜 곳을 찾느라 정문에서 멀리 떨어진 곳을 찾고, 어떤 때는 크게 필요하지도 않은 건강기능 식품 등을 사기도 했다.

암 환자에 대한 약값은 그렇게 저렴했다. 거기다 항암 주사제 값도 보험적용이 되는 경우는 대부분 5만 원 안팎이었다. 다른 잡다한 약품과 부자재 값이 붙어도 그 역시 5% 부담이어서 우리나라의 암 환자들에게 현재의 의료보험제도는 가히 "대한민국 만세."를 부를만한 수준이었다.

아내는 울렁거림이나 구토에 대비한 처방 약들을 전혀 복용하지 않았다. 한의사인 아들이 그런 증상에 필요한 한약들을 처방해 주어서 그것만으로도 견딜만했기 때문이었다.

그러나 그런 약들을 빼달라는 부탁을 의료진에게 하지 않았다. 바빠 죽겠다는 표정의 의료진들에게 너무 하찮은 일로 번거롭게 할 수 있는 일이어서고 또 상황이 달라질 수도 있겠다 싶어서였다. 더 고려했던 것은 스테로이드만 처방받으면 약값이 더 적어질 텐데 카드로 내기가 더욱 민망해질까봐서였을 것이다. 이유 없이 건강보험에 손실을 입힌 셈이다.

아내는 스테로이드만은 한 차례씩 복용했다. 그런 탓으로 항암 후유증은 늘 주사 후 3일쯤이 지나야 나타났고 약 3~4일 계속되었다. 항암의 후유증을 2~3일간이나 못 느끼게 할 만큼 스테로이드는 드라마틱한 약이었다. 의사들은 효과가 좋다고 이야기할 때 드라마틱이란 단어를 즐겨 쓰는 듯했다. 스테로이드를 남용하면 부작용이 있다고 의사들이 경고하는데, 효과가 큰 만큼 부작용도 큰 약인 모양이다.

항암 주사를 6차례에 걸쳐 맞으면서 우리는 열심히 산책했다. 광화문 아파트 주변의 인왕산이 주 산책로였고 아내의 화실이 있던 가평 설악 IC 인근의 '이명박 별장'으로 불리는 곳과 유명산(경기도 가평군과 양평군에 걸쳐 있는 산. 높이는 862m이다.) 산책로 등이 두 번째 산책로였다.

모든 항암 환자들이 그러고 있는 것처럼 우리는 더러 암 환자들에게 좋다는 나무가 있는 곳을 찾아다니기도 했다. 멀리는 장성 편백숲에서 가까이는 가평 설악면 설곡리의 편백숲까지 암 환자에게 좋다는 편백숲을 찾아다녔다. 설악의 화실 뒷산에는 잣나무가 무성해 있다. 잣나무도 편백 못지않게 피톤치드가 많이 나온다고 알려진 수종이어서 주말에는 반드시 이곳에서 머물려고 노력하기도 했다.

❀ 정답 없는 음식 섭취, 잘 먹으라는 김의신 식으로 하다

음식은 특별히 신경을 쓰지 않았다. 병원 측이 마련한 항암 환자 영양공급 강의에서 항암 환자에게는 모든 음식을 골고루 잘 먹는 것이 중요하다고 들었다. 신문과 유튜브 등에서 본 미국 MD앤더슨

병원의 김의신 박사가 초근목피(草根木皮)하지 말고 고기를 많이 먹으라고 했던 영향이 컸다. 김 박사는 "병원에 근무하는 동안 만난 동양인, 특히 한국인들은 초근목피로 오히려 항암을 방해한다."라고 하면서 단백질이 많은 고기류를 많이 먹어야 한다고 주장해 왔다.

우리도 단백질을 많이 섭취하려고 노력했다. 기름기 많은 음식은 피했지만 피자나 빵도 가끔 먹곤 했다. 항암 주사를 맞은 어떤 날은 동생 부부와 함께 이름난 보신탕집을 찾기도 했다. 김 박사의 주장을 따른 것이었다.

음식을 가리지 않고 많이, 잘 먹자는 방침은 아내가 항암효과가 없어져 요양 병원을 찾기 시작하면서 '초근목피'로 바뀌기까지 계속됐다. 어떤 사람들은 붉은색 고기는 피해야 한다고 주장한다. 대부분의 요양 병원 암 식단에는 네발 짐승의 고기가 들어가지 않는다. 두부나 생선만으로 단백질을 보충케 하는데 이 부분은 여전히 궁금하다.

아내는 재발, 재재발을 거치면서 음식을 좀 더 효과적으로 조절하지 못한 것에 대해 심한 아쉬움을 드러냈다. 결과론이지만 붉은 고기나 밀가루를 좀 더 멀리하고 식물성 단백질 위주로 섭취했어야 하지 않았나 하는 후회였다. 이 점은 여전히 정답이 오리무중이어서 안타깝다.

5. 견딜만했던 1차 항암, 이 정도면 괜찮겠다

수술 후 항암 주사를 6차례 맞는 몇 달 동안 아내는 후유증을 비교적 잘 견뎌냈다. 큰아들이 한약으로 예상 부작용들에 대처했다. 항암이 이 정도면 그럭저럭 해볼 만하다고 생각했다. 항암이 갈수록 어려워지고, 재발 후 몸이 약해지면서 반비례해 고통은 커진다는 사실은 한참 뒤에야 체감할 일이었다. 그래도 나중에 요양 병원에서 만난 많은 환우들은 아내의 항암 후유증이 상대적으로 덜한 것을 한의사 아들의 덕분으로 알고 부러워들 했다.

1차 항암에 해당하는 그때는 항암은 견딜 수 있어도 머리카락이 빠지는 것에 더 마음 상해하는 것 같았다. 아내는 항암을 하는 8년 동안 다른 어느 것보다 머리숱이 없거나 시원찮다는 점을 억울해했다. 암에 걸린 사실에 대한 분노는 체념과 버림으로 잊을 수 있었지만, 머리카락을 빼앗긴 것만은 용서할 수 없는 것처럼 보일 정도였다.

그는 더 이상 맞을 항암제가 사실상 바닥이 난 2021년 5월까지도 맥주효모에 꿀을 개어 머리에 바르면서 반드시 내게도 발라 주었다. 머리에 끈적한 갈색 액체를 바르고는 비닐을 씌워 한두 시간 있다가 씻게 했는데 그 정도로 머리칼에 대한 애착이 많았다. 여자로서 갖는 본능적인 것이겠지만 미술인으로서의 감수성이 보기 싫어진 머리숱을 더 용서할 수 없었는지도 모를 일이었다.

✿ 모자들의 향연, 탈모가 문제였다

아내는 항암 주사를 맞기 시작한 지 얼마 지나지 않아 머리카락이 한 움큼씩 빠진다고 하소연했다. 회사에 다녀온 사이에 기어이 머리를 밀어버렸다. 머리가 빠진다는 하소연을 들은 친구들이 집으로 와 머리를 밀어주었다고 했다.

아내와 친구들은 가발과 모자 몇 개를 사들였다. 아내는 가발보다는 모자를 주로 쓰고 다녔다. 가발은 덥기도 하고 관리에도 신경이 많이 쓰였다. 그런 것도 있었고 그보다는 숱이 너무 무성하고 색깔이 진해서 어울리지 않는다고 기피했다. 본래의 얼굴보다 젊어 보이긴 해도 분위기가 없어 보인다는 이유였다.

아내는 같은 이유로 온통 흰머리인 나도 머리에 물을 들이는 것을 반대했다. 머리가 하얀 게 얼굴과 매치돼 차라리 분위기가 낫다고 말하곤 했다. 검은 머리가 사람을 젊어 보이게 할지는 몰라도 젊지 않은 얼굴과 겹치면 경박하거나 용렬해 보인다고 주장해 그런가 보다 했다.

항암 주사를 맞기 위해 암 병동에 가보면 다른 여자 환자들도 가발보다는 모자를 쓴 비율이 압도적으로 높았다. 어떤 날은 박상윤 교수의 외래 환자 대기실에 항암 환자가 100명 가까이 모여있기도 했는데 형형색색의 모자도 수십 개가 한꺼번에 '모자 쇼'를 하는 일이 벌어지곤 했다.

박 교수는 명성에 맞게 외래 환자가 많았는데 다른 일정도 바빠서 가끔 진료실에 한 시간씩 늦게 나타나는 바람에 대기 환자 수가 기록적인 경우가 있었다. 그럴 때는 '모자 쇼'의 광경 앞에 더욱 우울해졌다.

✿ 기대 속에 치른 1차 항암-난소암은 약이 잘 듣습니다

1차 항암을 할 때만 해도 수술도 잘되고 항암 약도 잘 듣는다니까 잘될 거라는 믿음 속에 지낼 수 있었다. 3번 정도의 항암 주사를 맞고 났을 때 CT상으로는 약간의 복수와 림프류 외에는 거의 깨끗해졌다는 판독이 나왔다. 가슴으로의 추가 전이도 없고 복부에도 커지거나 새로운 물건은 나타나지 않았다. 난소암 표지자 지표인 CA125(cancer antigen 125)[9] 수치도 9.2를 나타냈다. 408, 68, 24, 35, 12, 10의 단계를 거쳐 안정화되어 갔다.

우리의 기대대로 다음 해 1월 26일에 끝난 1차 항암으로 아내는 관해 상태로 판정을 받았다. 일단 암이 CT상으로 보이지 않는 것이다. 당연히 피검사를 할 때마다 알 수 있는 CA125도 기준선인 35는 물론 10 아래로 떨어져 맴돌고 있었다. 복수로 숨이 차 하던 아내가 6개월이 걸리긴 했지만, 다시 온전한 몸으로 돌아온 것이다.

중증 환자에 대한 5% 요율 적용으로 4시간이 넘게 걸린 수술의 수술비도 9차례에 걸친 항암 주사비도 부담이 되지 않았다. 결혼 전에 돌아가셔서 만나보지 못한 장인이 위암 수술을 받고 항암을 하면서 기와집을 한 채 팔았다던 이야기와 대비시켜 보기도 했다. 이렇게 할 수 있게 만들어 준 우리의 탁월한 의료보험제도와 박 교수의 실력에 감사하고 또 감사했다.

---

9) 골반 진찰, 질식 초음파와 함께 주로 난소암, 자궁내막암의 선별 진단과 치료 반응도 판정 및 재발 발견에 활용되는 검사 항목이다. 정상 참고치는 0~35µg/mL.

그렇게 우리는 지옥의 2014년을 보내고 암이 없어진 상태에서 희망의 2015년을 맞았다.

6. 일 년여의 관해, 짧았던 평화

아내가 암과 싸우는 동안 답답한 일은 무엇을 해야 환자에게 도움이 되는지 정답이 없다는 점이었다.

스트레스를 받지 않는 게 좋다든지 술과 담배를 하지 말아야 한다는 정도를 빼고는 검정 교과서를 찾기 어려운 것이 암 환자 관리였다. 여러 버전의 모범답안이 돌아다니고 있었지만 서로 모순되는 경우도 많았다. 조금의 전문적 과학상식을 들이대도 기초가 허물어지는 자칭 모범답안이 많아 어지럽기만 했다.

더 이상 항암이 필요 없어진 2015년 2월부터 아내와 나의 생활도 예전의 일상으로 돌아갔다. 아내는 취미로 시작해 직업화가 수준이 된 서양화가로서의 작품활동을 재개했다. 그는 발병 당시에 한국미협 가평지부장을 맡아 작품활동과 지부장으로서 역할을 왕성하게 하던 참이었다. 암 발병과 함께 지부장은 그만두었던 것으로 기억된다.

둘째아들과 스페인 여행을 보름간 다녀오기도 하고, 하와이에 사는 고등학교 친구의 집으로 가서 두 달간 요양 생활을 하기도 했다. 하와이 친구 집을 택한 이유는 겨울과 봄에 극성을 부리는 미세먼지와 황사를 피해서였다.

코로나가 오기 전 몇 년 동안 우리나라의 미세먼지와 황사는 여름에도 기승을 부릴 만큼 심각한 상태였다. 중국의 부인과는 상관없이 중국 동해안에 포진하고 있는 화력발전소와 공장들, 쓰레기 소각시설들이 주범이란 게 일반적인 분석이었다. 코로나 이후 대기가 한층 맑아진 것을 보면 중국 탓임은 이제 부인할 수 없는 사실이 되었다.

아내는 암 진단을 받기 전에도 대기 오염, 특히 미세먼지를 못 견뎌 했었다. 암 환자가 된 후에는 겨울과 봄철에는 그나마 오염정도가 덜한 설악으로 가서 공기청정기를 틀어 놓고 두문불출할 정도로 미세먼지에 예민하게 반응했다.

집에서 먹는 식단도 채소와 과일, 생선을 많이 먹도록 했지만, 라면 등의 가공식품을 제외하고는 특별히 제한을 두지 않는 편이었다. 《암이 사라지는 식사》, 《암을 고치는 식사》, 《암을 이긴 사람들의 비밀》 등 암 환자들에 대한 식사와 관련한 서적들이 많이 있었다. 그런 책들을 대여섯 권씩 사놓았지만, 막상 그 레시피대로 해보기는 쉽지 않았다.

성공 사례를 많이 모아놓았으나 수많은 사례 중에 성공한 사례만 모은 것인지, 그렇게 하고도 실패한 사례는 또 얼마나 되는지, '먹물'들의 의심증이 우리라고 해서 피해 가지 않은 탓이다.

국내에만도 수십에서 수백만의 암 환자 또는 완치 판정을 받은 준환자들이 살고 있는데 여전히 어떻게 일상을 사는 게 좋은지 정리되지 않고 있는 것은 그때나 지금이나 아쉽다.

표준 의료 분야에서는 고기를 포함해 영양소를 골고루 섭취하는 것이 좋다는 주장이 대세다. 어쩌면 표준 의료분야에서는 음식이 암 치료와 무슨 상관이냐 하는 입장 같은 느낌도 있다.

그보다 훨씬 많은 사람들은 대체 의학이나 암 요양 병원이 제공하는 초근목피형 식단에 관심을 보이고 있고, 이들 식단을 이용하고 있다. 암 요양 병원들은 대체로 채소 위주로 하되 식물성 단백질인 두부와 생선을 단백질 공급원으로 채우고 있다. 공기 좋은 곳에서 청국장과 채소 위주의 식단이 최고의 생존술이라고 믿는 사람도 많았고, 지금도 마찬가지다.

❀ 청국장은 암의 재발을 막을까?

아내가 발병한 지 얼마 지나지 않아 설악의 같은 동네로 서울의 SBS에서 근무하다 간암이 걸려 귀향한 분이 계셨다. 우리 부부보다는 두세 살 연상이었는데 같은 언론계 출신이고 서로 친하게 지내게 되었다. 그분은 간을 모두 절제한 후 이식한 상태였다. 나중에는 다시 폐에 전이가 돼서 폐를 부분 절제했다고도 했다.

아내의 화실에서 100m쯤 아래 떨어진 밭을 구입해 황토방이 딸린 집을 짓고 살면서 부인이 손수 띄워 만드는 청국장을 매일 먹고 있다고 했다. 그런 덕분일까, 그분은 아직 재발병 없이 텃밭을 가꾸며 생활하고 있다.

몇 년 뒤 암 요양 병원의 존재를 알고 이를 찾았을 때 우리는 생각보다 많은 사람들이 요양 병원을 이용하는 것을 보고 놀랐었다.

우리는 암 요양 병원을 일반 요양 병원처럼 말기 암 환자들이나 이용하는 것으로 알았는데 오히려 반대였다. 수술을 받고 항암을 해서 관해 상태에 들어간 사람들이 재발을 막기 위해 더 많이 요양 병원을 이용하고 있었다.

말기 암 환자는 오히려 거부하는 곳이 많다. 이들은 암세포가 사라졌다고 하는데도 요양 병원에서 비타민 C 주사를 맞거나 요양 병원 측이 항암 식단이라 이름을 붙인 병원식(食)을 애용하고 있었다.

병원식을 먹기 위해서만 입원하는 경우도 있었다.

이런 부분들에서 실손 보험 회사들과 환자들이 보험료 지급을 둘러싸고 많이 충돌했다. 이런 사람들은 보험 회사가 보기엔 치료가 아니라 '요양'을 하는 경우에 해당했는데, 암 환자 입장에서는 관해라는게 완치를 의미하는 것이 아니다. 또 치료일 수밖에 없는 것이어서 충돌이 불가피해 보였다.

나중에 아내는 관해기에 암 요양 병원을 이용했더라면 암의 재발을 늦추거나 막을 수도 있지 않았을까 하는 후회를 했다. 초근목피가 항암식이냐를 떠나 암 요양 병원에 미리 입원했더라면 집안일에서 벗어나고 집에서 먹는 것보다 훨씬 다양하고 질 좋은 음식들을 먹을 수 있었을 것이다.

그때는 요양 병원의 식사나 처방이 항암에 유효한지 여부를 떠나 우리는 암 요양 병원이 관해 상태인 우리에게 필요한 존재인지 자체를 인식하지 못하고 있었으니 후회스럽다.

암센터에 항암 주사를 맞으러 가면 암 요양 병원 마크를 단 미니버스들을 보곤 했다. 그런 차량들을 보면서도 말기 암 환자가 가족의 돌봄만으로는 안되어서 요양 병원의 신세를 지는 것이거나 지방에 있는 환자들이 이용하는 정도로 알고 있었던 것이다. 정보수집을 제대로 하지 못한 나의 불찰이었다. 후회는 언제나 나중에 오는 것이 이 역시 문제였다.

아내가 관해 상태로 들어간 2015년에는 내게도 변화가 있었다. 예전 다니던 회사로 돌아가 경영을 맡을 기회가 주어졌다. 사람들은 아내에게도 반가운 일인 만큼 암 치료에 좋은 기운이 많이 나올 것이라고 격려해 주었다. 회사의 경영환경이 쉽지 않은 터여서 회사 일에 매달리는 시간이 많아졌다.

관해 상태에 있는 아내의 병은 자연스레 마치 나은 것처럼 생각하게 되었던 듯싶다. 나는 회사 일에, 아내는 아내 일을 알아서 하는 형국이 되었기 때문이다. 회사에 출근하는 남편 때문에 요양 병원을 알아보는 일이 우선순위에서 밀렸을 수 있었고, 회사에 다니는 남편을 두고 요양원으로 가기가 어려웠을 수도 있었을 것이다.

✿ 결국 짓지 못한 황토방

그런 중에 아내는 설악의 SBS 출신 환우의 황토방만은 많이 부러워했다. 청국장은 그분의 아내가 자기 집에서 띄운 것을 나눠주겠다고 했지만, 콩국물과 콩밥 외에 콩을 가공한 두부나 청국장을 거의 먹지 않던 아내의 취향 탓에 언제나 사양했다.

대신에 황토방을 화실 옆에 하나 짓겠다는 꿈을 갖기 시작했다. 나는 옥상이나 마당에 바로 짓자고 주장했다. 그러나 그는 화실의 전체 디자인이 헝클어진다며 반대했다. 대신에 인접한 밭을 매입해 그곳에 황토방을 짓고 나머지 땅에 주차장을 만들자는 그랜드 디자인을 펼쳐 보였다. 문제는 우리가 가진 재원도 부족했지만 땅 주인이 쉽게 팔 생각이 없다는 것이었다. 그래도 아내는 기다리다 보면 살 기회가 생길 것이니 그때 가서 짓자는 주장을 굽히지 않았다.

아내는 그런 식이었다. 화가로서 공간상의 불협화음을 견딜 수 없어 했다. 거기다 뭔가를 하려면 흠이나 부족함이 아무 데도 없어야 하는 완벽추구형이었다. 언젠가 아내가 요양 병원에서 만난 환우들과 앉은 자리에서 서로의 성격을 이야기하다가 "완벽을 추구하는 우리 같은 성격들이 암이 많이 걸리는 것 같다."라고 서로 푸념하는 걸 들은 적이 있었다. 실제 그런 경향이 있는 것인지 그들 간의 위로인지 잘 모르겠지만 아내는 그랬다.

아내의 황토방에 대한 장기비전은 재발 이후에도 그대로 유지가됐다. 나는 '황토방 장기비전'을 고집하는 아내에 대해 자신의 병을 너무 낙관하거나 수명을 과대계상하고 있는 것이라고 생각했다. 그러나 그렇다고 해서 당신 얼마나 살지 모르는데 급한 대로 아무 데나 짓고 보자라고 이야기할 수는 없는 노릇이었다. 아마도 황토방이 암 치료에 효과적이라는 과학적 데이터가 있었다면 아내를 윽박질러서라도 황토방을 지었을 것이다. 아내가 장기 비전만 이야기했던 이유도 그래서일 것이라 믿고 있다.

아내가 떠난 지 1년쯤 지나서 옆집 사람이 "이 밭 인터넷에 매물로 나와 있던데요."라고 했다. 황토방을 어떻게 해서든 지었어야 했다는 후회를 하지만 한심한 일이다.

✽ 3~4기는 대체로 재발한다는 이야기

누구나 그럴 거라고 우기고 싶은데 우리는 암에 대한 기본 지식이 너무 없었다. 암에 대한 지식을 가진 사람들은 의료진을 제외하고는 대부분 암으로 가족을 떠나보낸 보호자들일 것이다. 그런 사람들은 또 좋지 않은 기억이라 해서 말하기를 꺼리고, 기록으로 남기지 않는다.

암에 걸린 뒤에 허겁지겁 인터넷 공부를 하지만 체계적으로 정리되지 않고 지나놓고 나서야 아 그런 것이었구나 하는 경우가 많았다.

아내가 암에 걸리고 나서 찾아간 서점에서도 암 투병에 대한 이정표로 삼을 만한 책은 없었다. 대부분은 병에 대해 스스로 공부하고 길을 찾기보다는 의사가 시키는 대로 하면 된다는 생각들을 한다. 우리도 마찬가지였다.

나중에 알았던 것이지만 암은 3, 4기가 되면 기간이 문제일 뿐 재발하는 경우가 많다고 한다. 재발하면 그다음은 또 대부분 암담한 수순을 걷게 된다는 것이다. 그러나 당시에는 수술 후 1차 항암을 거쳐 암 덩어리가 CT에 나타나지 않고, 암 표지자 지표가 35 이하에서 노는 관해 상태가 되었기에 나는 재수가 없어야만 재발하는 것으로 쉽게 생각하고 있었다.

암이란 게 워낙 사람마다, 암종마다 예후와 결과가 달라 그런 탓인지 병원도 이런 점을 구체적으로 지적해 주지 않았다. 시중에 나와 있는 관련 서적들에도 이런 문제를 눈에 띄게 다루지 않고 있는 것이 아쉬웠다. 주위에서 경고를 했는데도 우리가 흘려들었는지도 모를 일이긴 했다.

아내가 세상을 뜨고 나서 다시 펴본, 일본 의사가 쓴 책에는 "복막에 파종돼 전이된 암은 고칠 수 없다."라는 구절이 있었다. 투병 기간에 읽었을 때는 눈에 띄지 않았던 구절이었다. 아내의 암도 난소에서 시작돼 복막에 파종 전이되었으므로 어쩌면 원래부터 완치는 할 수 없는 것이었는데 당시에는 그렇게까진 생각하지 않았었다. 그런 점을 사전에 알았다면 식단관리라도 좀 더 철저하게 했을까 싶기도 하다.

나보다 4년 전에 아내와 사별한 언론계의 한 인사의 경우는 암이란 게 얼마나 어려운 병인지 알려주는 사례가 될 법했다.

그의 아내는 2000년도에 유방암 판정을 받았다가 완치가 되었다고 했다. 몇 년 동안은 재발하지 않도록 유지 요법의 항암을 하다가 완치 판정을 받고는 그것도 그만두었는데 무려 17년 뒤에 갑자기 재발했다고 했다. 우연히 팔에 골절이 일어나 병원에 갔었는데 암이 뼈로 전이된 상태였고 1년을 넘기지 못했다고 들었다.

나는 그분의 빈소에도 갔었는데 구체적인 이야기를 듣지 못했다. 그러다가 아내가 떠난 뒤 그분을 만났을 때 그분은 암이 얼마나 나쁜 놈인지를 성토하면서 자신의 이야기를 들려주었다. 그는 왜 잘 지내다가 그때 재발했을 것 같냐는 질문에 자신이 몇 년 전 어떤 자리에 가기 위해 노력했었는데 자신이 가는 걸로 결정이 되었다가 막판에 번복이 된 일이 있었다고 했다. 그는 그때 일이 아내에게 큰 스트레스가 되지 않았을까 한다고 했다.

❀ 다시 올라가는 CA125

1차 항암이 끝난 지 1년이 조금 지났을 때 다시 난소암 표지자 지표인 CA125가 올라가기 시작했다.

10안에서 놀던 지표가 두 자릿수가 되더니 다음 검사 때는 20을 넘었다. 우리는 표지자가 이런 상승 추세를 보이면 재발한 것 아니냐고 했다. 우리는 재발한 것이라면 하루라도 빨리 처방해야 하지 않을까 했다. 그러나 국가의 건강보험 시스템과 병원의 의료체계는 우리의 상식적인 추론을 점검하고 받아들일 만큼의 유연성이나 융통성은 없었다. 병원 측은 다음 CT를 찍을 때까지 지켜보자고 했다. 아마도 병원의 절차가 그렇지 않았을까 싶었다. 뭔가 표준화를 해야 하는데, 표준화란 게 아랫가지, 윗가지를 쳐서 평균값을 내는 것이므로 절반쯤은 틀릴 가능성이 있게 마련이다. 상식은 대체로 옳다는 것이 슬펐다.

다음 진료일에 찍은 CT에서는 암이 복막과 간문맥 등에 다시 나타났다고 했다.

평화는 짧게 끝났다.

7. 표적치료제 아바스틴과의 2년

❀ 표적치료제 아바스틴 임상 참여

1차 항암이 끝난 지 1년 8개월 뒤 박상윤 교수는 재발 판정을 했다. 표지자 추세가 재발을 의미한다는 걸 알고 있었기에 아내와 나는 놀라지 않았다. 재발의 충격은 앞의 몇 주간에 걸쳐 이미 길게 꼬리를 펼쳤었다.

막상 의사로부터의 재발 판정은 담담하게 받았다. 절망, 이런 것보다는 어떤 치료를 해야 할 것인지 답답한 느낌, 우울함 같은 것이었다. 그러나 이는 그래도 환자 본인이 아닌 나만의 사치스러운 감정일 것이고 당사자인 아내가 받았을 절망감은 내가 헤아리지도 못할 만큼 크고 깊었을 것이다.

의사는 사전검토가 있었던 듯 우리에게 맞는 3상 임상이 있다면서 해보자고 추천했다. 자세히는 모르지만, 의사들도 사전에 예약자 명단을 보면서 환자 차트별로 준비하는 듯했다. 기존에도 다른 암에 제한적으로 쓰고 있는 약물인데 적용 대상 확대를 위한 임상이라 했다. 반가웠다. 우선 바로 의사가 추천할 수 있는 처방이 있다는 게 그랬고, 기존 처방보다 나을 것을 전제로 하는 임상시험이므로 효과 면에서든 부작용 면에서든 더 좋은 약일 가능성이 클 것이었다. 예후가 좋지 않기 마련인 재발이나 재재발 환자들은 임상을 적극적으로 찾을 수밖에 없게 돼 있다. 질이 안 좋기로 소문난 난소암은 더욱 그랬다.

대장암 등의 표적치료제로 쓰여온 '아바스틴(Avastin)'이란 주사 약물을 1차 항암에 맞았던 네오플라틴, 탁솔 주사약과 병용투여하고 나중에는 아바스틴만으로 유지하는 임상이었다. 난소암 재발 환자를 대상으로 A, B 두 그룹으로 나눠 한 그룹은 다시 수술한 뒤 약물을 투여하고, 다른 그룹은 수술 없이 약물을 투여해 결과를 비교하는 게 임상의 골자라고 했다.

아바스틴은 당시만 해도 임상이 아니면 한 회당 주사 가격이 300만 원대에 이르렀다. 임상 전에도 이 약은 전액 자기 부담으로 난소암 재발 환자에게도 처방되고는 있었다. 친구 아내의 경우 난소암 재발 이후 시내 메이저 병원에서 몇 번 아바스틴을 맞았는데 300만 원씩을 지불해야 해서 자주 맞을 수 없었다고 아쉬워했었다. 더구나 친구 아내는 실손 보험마저 없었다.

✿ 기존 독성항암제에다 아바스틴을 보태다

그런 아바스틴도 건강보험에 포함된 뒤로는 가격이 크게 낮아졌다. 2020년에 받았던 한 대학 병원의 진료비 세부 내역서에는 주사 1회당 단가가 107만 원이었다. 아내는 실손 보험을 갖고 있어 약값을 걱정할 형편은 아니었지만, 이왕에 처방되고 있는 신약을 임상으로 무료로 처방받는다니 반가운 일이었다.

약물의 효과가 있어 관해 상태가 지속되는 한 아바스틴을 계속 맞을 수 있다는 것도 좋았다. 표적치료제는 암세포만 공격하고 정상 세포는 공격하지 않아 양쪽을 다 공격하는 세포독성 치료제에 비해 부작용이 훨씬 적다는 게 장점이라고 했다. 6번까지는 1차 독성항암제에다 아바스틴을 병용 처방해 잔존 암을 없애고 그 뒤부터는 '아바스틴'만으로 관해를 유지한다는 것이 구체적인 계획이었다. 그러나 모든 약이 그렇듯 이 약도 얼마 지나지 않으면 내성이 생긴다. 내성이 얼마나 오랫동안 생기지 않게 하느냐가 환자가 싸우는 목표인 셈이었다.

미국에 임상 본부가 있어 환자의 자료를 보내 적격성 여부를 판정받고 무작위로 A, B그룹을 나눈다고 했다. 얼마 지나지 않아 병원에서 수술하지 않고 주사 치료만 하는 그룹에 포함됐다고 알려왔다. 수술하기를 겁냈던 아내는 좋은 징조라며 반겼으나 나는 내심 수술을 하는 게 좋지 않을까 하는 생각도 했다. 그러나 수술의 고통을 한 번 봐온지라 보호자가 밖으로 드러낼 생각은 아니었다.

계획대로 기존 독성항암제에다 아바스틴을 같이 처방한 주사를 6회에 걸쳐 맞았다. 표적치료제라 부작용이 적다고 해도 1차 항암에 썼던 두 항암제의 독성에다 표적치료제의 독성을 그대로 보탠 것이었다. 당연히 1차보다 독성이 강해졌다. 아내는 힘들다고 하소연하면서도 그런대로 견뎌냈다. 여전히 자주 오랜 시간 산책을 했지만 대부분 집에서 머물렀다. 음식도 대부분 집에서 해 먹었다. 항암 후 3일께부터 3~4일간은 나 혼자 식사를 준비하는 일이 많았다. 다음 2주일간은 아내가 대부분 식사를 준비하고 나는 보조역할을 하면 됐다.

기대했던 대로 6번의 항암 끝에 다시 관해 상태를 회복했다.

✿ 다시 찾아온 조건부 평화, 관해

암과의 싸움 햇수로 4년째가 되는 2017년이 됐다. 기존 독성항암제와의 병용투여는 앞 해의 12월 말에 끝나고 새해부터는 아바스틴만 사용하는 항암이었다. 이 역시 3주 간격이었다. 아바스틴만 맞는 항암은 상대적으로 쉬웠다. 주사 맞는 시간도 훨씬 짧아지고 정상 세포를 공격하지 않았으므로 부작용이 많이 줄었다.

아바스틴 임상에 참여하면서 항암 주사주기가 아내와 같았던 난소암 환우 한 분이 있었다. 아내보다 10여 살 어려 보이면서도 살집이 꽤 있는 이 환우와 아내는 진료 대기실에서 기다릴 때나 주사실에서 옆 의자에 앉게 되면 여러 이야기와 정보를 나누곤 했다.

이 환우는 당시 가장 오래된 참여자가 50회 정도를 맞고 있는 것으로 안다고 전해주었다. 50회는 3주에 한 번씩 맞는 것이므로 3년이 채 되지 못한다. 대부분은 그 전에 약효가 떨어져 탈락한다고 이야기하면서 그녀도 우울해했다.

1차 항암 때는 완치로 간다는 희망이 있었다. 그러나 재발 후 아바스틴을 통한 유지 요법은 다른 약보다는 효과가 있을지 모르지만 그래도 그 효과가 언젠간 끝난다. 그 효과란 것도 '완치'가 아니라 '관해 유지', 이를테면 암을 뿌리 뽑는 게 아니라 암의 발현을 억누르고 있다는 뜻이었다. 아바스틴만을 맞는 동안 관해 상태인데도 그런 이유로 아내는 독성이 강한 1차 항암 때보다 훨씬 심리적으로 다운돼 있었다. 1차 항암 때 점심으로 김밥을 먹으며 수다를 떨던 사치도 더는 누려지지 않았다.

"언제까지 아바스틴이 들을지도 모르고, 이렇게 계속 맞는 것도 능사는 아니고…."

병원을 오가는 차 안에서 불안한 아내를 달래줄 말을 찾기는 언제나 어려웠다.

"지금 잘 유지되고 있는데 뭘…. 혹 문제가 생기더라도 더 좋은 약들이 계속 나오고 있으니까 잘 버티면 괜찮을 거야."

말을 해 놓고도 이게 무슨 위안이 되겠느냐는 후회를 하고 운전대를 한 번 더 꽉 잡아볼 뿐이었다.

보호자가 환자 옆에서 마음을 효과적으로 다독거려 주는 것은 아내의 고통을 지켜봄으로써 갖는 심적 고통만큼이나 어려운 일이었다. "괜찮을 거야." 라는 위로도 한두 번일 때 쓸만하다. 같은 이야기를 계속하면 이야기하는 사람이나 듣는 사람이나 모두 어렵다. 그러나 있는 대로 이야기하면 무성의하고, 낙관적으로 이야기하다 보면 상황과는 너무 동떨어져 터무니없는 말을 하게 되는 수가 많다. 병세가 계속해 나빠져 가기만 하면 보호자들도 대부분 더 위로할 표현들을 찾지 못해 말문을 닫고 환자를 쳐다보게만 된다.

난소암으로 아내를 보낸 대학 친구는 아내가 힘들어할 때 어떻게 했느냐는 물음에 표정 없이 말했다.

"입술을 삐죽이 내밀고 쳐다보는 수밖에…."

엉거주춤하고 민망하고 안쓰러운 입장을 그는 '삐죽이'라는 의태어로 풀어냈다.

보호자만이 아니다. 전도가 불투명하거나 비관적인 환자나 그 가족들에게 안부 전화를 하기도 참 어렵다는 걸 아내를 간병하면서 새삼 느꼈다. 친척들이나 친구들이 어쩌다 전화해 환자의 안부를 묻고 나서는 다음에 할 적절한 말을 찾지 못해 다들 불편해했다.

"요즘은 그래도 옛날과 달라서 좋은 약이 많이 나오고 있으니까 잘 관리하면 안 되겠나?"

이런 정도가 말을 잘하는 사람들의 위로였다. 내가 생각해도 더 이상의 적당한 표현은 찾기 어려웠다. 그런 적당한 안부 묻기와 위로의 치사를 찾기 어려운 탓에 안부 전화하기가 어렵다고 실토하는 사람들도 있었다. 보호자들이 환자에게 하는 말 중에는 "버티다 보면 더 좋은 신약들이 나올 거다."하는 말이 있는데 환자들은 반신반의하면서도 '버티기'에 의미를 부여하곤 한다. 생명을 건 사투에 주변 사람들인들 쉬운 게 있을 리 없었다.

단독요법 20회가 한계였다

아바스틴 단독요법이 20회, 기간으로 1년을 넘어가면서 이번에도 난소암 표지자 지표 CA125가 먼저 움직이기 시작했다.

정상인 35 안이었지만 상향 추세가 문제였다. 병원 측은 여전히 표지자 지표는 보조지표일 뿐이라며 1차 관해가 끝날 때와 같은 입장이었지만 말수를 줄이는 눈치였다. 아내는 유달리 표지자 지표가 정확하게 병세를 반영하는 사람이었다. 아바스틴 단독요법으로 들어간 지 14개월 만에 CT상에도 '약간 커졌다(mildly increased)'라는 판독이 나왔다. 그래도 두 달 더 아바스틴 항암이 계속됐지만, 마침내 '임상 탈락' 결정을 통보받았다. 재발 통보를 받은 뒤 2년에 가까운 아바스틴과의 치료가 이것으로 사실상 끝이 난 셈이었다.

다음 단계부터는 일종의 '비상조치'였고 기껏해야 몇 달의 현상 유지를 위한 것이 고통의 정도가 더해질 항암의 목표가 되었다.

임상에 참여해 아바스틴 투여로 받은 혜택을 돈으로 환산하면 9천만 원쯤 됐을 것이다. 돈도 돈이지만 만약 이런 임상에 참여하지 않는 병원이었다면 아내는 같은 처치를 받지 못했을 것이다. 그런 점에서 보면 규모가 작은 병원이나 지방의 대학 병원들은 서울의 메이저 병원에 비해 압도적으로 불리할 수밖에 없다. 대부분의 신약 임상시험은 5~6개 병원을 대상으로 한다. 그런데 전문성이 상대적으로 인정받고, 의사 수가 많은 서울의 대학 병원들에 대부분 배정되고 지방 대학 병원에는 거의 배정이 되지 않고 있어서다.

아내의 암은 의사의 콘트롤 밖으로 뛰쳐나가고 있었다. 따지고 보면, 생과 사의 분수령에서 암의 진행 방향은 어느새 죽음 쪽에 서있었다.

2부
재재발 암과의 싸움

1. 일본에서 수지상세포 치료를 하다

2018년 5월 아바스틴이 끝난 뒤 아내는 몇 개월간 항암을 중단해 버렸다. 완치도 기대할 수 없게 된 항암이 무슨 소용이 있겠나 하는 회의 때문이었다. 그러나 대안도 없는 상태에서 무작정 항암을 중단할 수도 없는 상황이었다.

아바스틴을 끝낼 5월 당시의 CA125는 52.9였다. 몇 달이 지나자, CT상으로 복부에서 전이가 많이 이뤄진 것으로 나타났다. CA125도 9월이 되자 709로 치솟았다.

병원은 이번엔 진행성 난소암 치료제 케릭스(Caelyx)와 네오플라틴을 처방했다. 케릭스는 탁솔 또는 백금착제 항암제[10]를 포함하는 화학요법제에 실패했을 때 사용하는 난소암 치료제라고 했다. 이제부터는 진짜 연명을 위한 항암에 들어가는 느낌이었다. 케릭스를 3~4번 맞았을 때 '수지상세포(樹枝狀細胞, dendritic cell) 치료'라는 게 눈에 들어왔다.

---

10) 백금착제 항암제란 분자구조 중심에 백금 원자를 갖고 있으면서 암세포의 핵 속에 존재하는 DNA의 이중 나선 구조에 부착돼 암세포 성장과 증식을 억제하고 제거하는 효능을 보유한 물질이다(출처 : 국가생명공학정책연구센터 홈페이지).

❋ 암 공격 지휘관인 수지상세포를 강화한다

누가 추천해서가 아니라 답답한 마음에 신약 개발 뉴스 같은 게 없나 해서 인터넷을 돌아다니는 과정에서 일본 쪽 항암 치료 광고를 보게 됐다. 그중에서도 수지상세포 치료가 관심을 끌었다. 인터넷에는 일본에서 하는 NK세포 치료, 수지상세포 치료를 연결한다는 기획사 광고가 서너 개씩 몰려 있었다.

수지상세포는 체내에서 암세포를 공격하는 역할을 하는 T세포에게 공격 명령을 내리는 '지휘관 세포'라 불리는데 이를 활성화시켜 암세포 공격력을 극대화한다는 기전이라고 했다.

치료 과정은 환자의 혈액을 채취한 뒤 수지상세포를 분리하고 이를 배양해 기능을 강화한 뒤 동시에 암세포에 타겟팅할 수 있는 항원을 여러 개 주입해 면역 체계를 통한 암 공격을 극대화한다고 한다.

이미 국내병원에서 면역항암제 종류인 이뮨셀(Immuncell)을 여러 차례 맞아 봤지만, 수지상세포 치료는 면역세포 자체보다 그를 지휘하는 세포를 강화하고 면역세포가 반응할 수 있는 다양한 항원을 투여한다는 것이어서 이것도 한번 해 보자 싶었다. 항암과 관련된 다른 처방도 그렇지만 들어보면 대부분 기전 상으로는 너무나 그럴 듯해서 암이란 게 도대체 왜 안 낫는지 이해할 수 없을 정도다.

문제는 국내에서 면역항암제를 투여하면 의료보험은 되지 않지만 실손 보험으로 경비를 80~90% 보전받을 수 있는데, 해외에서 투여하면 그 혜택을 볼 수 없다는 점이었다. 그러나 효과만 있다면 그런 문제를 따질 일은 아니었다. 목숨이 걸린 일이다.

　기획사 한 곳과 연결해 도쿄에 있는 ○○ 종양내과라는 곳에서 치료받기로 했다. 기획사는 4기, 말기 암 환자들도 효과를 많이 본다고 강조했다. 제 발로 걸어 다닐 수만 있으면 일본에 가서 직접 주사를 맞으면 되는데, 돈을 낼 의향만 있으면 환자의 상태나 암 기수는 문제가 아닌 듯했다. 기획사 직원이 도쿄 병원까지 동행하고 서울에 돌아오는 것까지도 책임지기로 했지만 나도 동행하기로 했다. 비행기 삯만 추가하면 될 일이었다.

❀ 말리지도 권하지도 않는 주치의

　암센터의 박상윤 교수와 이를 놓고 상의할지 어떨지를 고민했다. 의사들이 자기 치료를 받는 동안에 다른 곳에서 처치 받는 것을 꺼린다는 것은 잘 알려진 상식이다. 그래서 대부분 이런 일들을 해도 의사에게 알리지 않고 쉬쉬한다.
　우리는 고심 끝에 수지상세포 치료 여부를 상의하기로 했다. 수술과 항암의 전담의기도 했지만, 일종의 임상이기도 한 아바스틴을 맞은 것에 대한 의무감 때문이었다. 또 면역 체계에 변화를 줄 수 있는 '의료행위'여서 후일의 항암이나 병의 전개 과정에 대한 기초 자료로서도 전담 의사가 알고 있어야 할 것으로 생각했다.
　우리의 의논에 대한 박 교수의 입장은 한마디로 '의견 없음'이었다.
　"항암을 하면서 수지상세포 주사를 맞으러 일본에 다녀볼까 하는

데 괜찮을까요?"

"가라고 할 수도 가지 말라고 할 수도 없어요."

그는 의료 차트에 '수지상세포 치료-일본'이라고 적으면서 "우리 직업이 과학적 결과만을 존중할 수밖에 없기 때문에 그래요."라고 덧붙였다. 그는 자신의 발언이 수지상세포 치료 자체에 대한 부정적인 언급으로 비치지 않도록 신경 쓰고 있었다. 거기에 간다는 사람이 더러 있는 것으로 아는데 신약 임상시험 같은 과학적인 데이터로 뒷받침되지 않기 때문에 추천할 수 없지만, 그렇다고 가지 말라고 할 데이터도 없다는 이야기인 듯했다.

재발 난소암 환자의 밝지 않은 미래를 아는 그로서는 환자가 자력으로 현재의 항암에 도움이 될 수도 있는 추가 의료를 찾아 나서는 것에 대해 추천할 수는 없지만 막지도 않겠다는 뜻이었다. 그가 이를 차트에 쓴 탓으로 다른 병원으로 옮길 때도 '수지상세포 치료-일본'은 아내가 사망할 때까지 차트에 따라다녔다.

우리는 의사가 크게 타박하지 않는 것에 그나마 다행이라고 안도했다. 그거 뭐 도움이 되겠냐고 했다든지, 도움이 된 경우를 못 봤다고 했으면 일본행에 대해 조금 더 고민했을 것이다.

✼ 십전대보탕 포스터 보고 실망

일본에 가기 전부터 우리는 기획사의 설명에 부족한 점이 많은 걸 알았다.

우선 그들이 제공하는 홍보자료 어디에도 '완치 사례'는 없었다.

세계적인 특허이고, 면역항암의 획기적인 기술 개발이라고 하는데 도 막상 치료 사례에는 획기적인 것이 없었다.

둘째로, 이들의 홍보자료에는 암세포가 60, 80%가 없어졌다는 식으로 설명했는데 이 사례들은 대부분 3~5년 전의 것이었다. 당연히 이들 환자가 현재는 어떻게 돼 있는지 궁금하게 마련인데 거기 대한 설명은 없었다. 실제로 이 치료가 획기적이고 적응 확률이 높다면 이런 궁금증을 낳지 않도록 할 것인데 그렇지 못하다는 것은 문제였다.

아내의 투병이 끝난 뒤 생각해 보면 결국 말기 암으로 가는 과정에서 효과가 있다고 해도 생명을 조금 연장해 주는 그런 것들인데, 환자들은 완치라도 될 수 있는 것인 양 기대를 걸곤 했던 것 같았다. 그럼에도 환자의 입장에선 이런 문제를 꼬치꼬치 따져 묻기가 쉽지 않다. 캐묻는다는 것은 믿지 않는다는 뜻을 담고 있는 것이어서 조금 미안하기도 했다. 어차피 지푸라기라도 잡을 수밖에 없는 상황이어서 다른 사람한테는 효과가 없어도 우리한테는 있을 수도 있다는 막연한 기대가 늘 이런 일들을 추진하게 만들었다.

아내의 와병 기간에 항암제 신약을 연구하는 S 제약회사 대표를 만나 항암신약의 이야기를 들은 적이 있었다. 광화문에 있던 신문사 사무실로 찾아온 그는 나의 고교 후배이면서 치과의사 출신으로 신약과 관련해 많은 투자를 유치했던 사람이었다. 그는 자신의 회사가 임상 중인 신약을 이렇게 소개했다.

"우리 약은 평균 몇 년씩 생명 연장 효과가 있는 것으로 나오는데 평균이 그런 것이고 효과가 좋은 경우는 완전한 관해나 완치의 사레도 여러 개 있다.”

이 제약사 대표의 말이 실제로 맞는지는 확인해보지 않았었다. 이 회사는 당시 엄청난 바이오주㈜ 신드롬을 일으킨 주역이었다.

한때 5천 원짜리 주식을 이 신약을 통해 15만 원 넘게까지 끌어올렸던 이 제약사 대표는 아내가 세상을 떠날 때쯤 사기 등으로 징역형을 최종적으로 받았다는 뉴스기사를 읽었다. 이 신약도 유의미한 효과를 내지 못하고 임상을 종료했었다. 환자들은 20~30% 환자에게만 효과가 있다는 약을 쓰면서도 이런 완치 사례가 자기에게도 나타날 수 있을 것이란 기대들을 갖게 마련이다.

✿ 일본과 국내서 6차례 피 뽑고 주사 맞고

수지상세포 치료는 2018년 12월에 1회 주사를 맞았다. 일본 병원까지 안내를 맡은 직원은 친절하고 일본어도 뛰어나게 구사했다. 그는 “한 사람씩 안내하면 효율성이나 경비 면에서 낭비가 많지 않나?”라는 우리의 질문에 “환자가 많은 경우 두세 명을 동시에 인솔하기도 한다.”라고 답했다.

함께 가는 일행이 있으면 병에 대해서 서로 정보도 교환하고 동병상련도 되므로 도움이 된다. 치료 프로젝트와 관련해 뭔가 불편하거나 부족한 부분에 대해 서로 설왕설래하는 것은 공동참여자들이 누리는 작은 보너스기도 하다. 그러나 다른 환자와 일본 여행을 같이하는 일은 6번에 걸쳐 일본을 왔다갔다하는 동안 한 번도 일어나지 않았다.

기획사가 우리를 더 편안하게 서비스받도록 단독여행을 시키는 것으로는 생각되지 않았다. 생각보다 일본으로 가서 치료받는 환자가 경비 때문에 많지 않거나 아니면 의도적으로 기획사에서 환자를 합치지 않을 수도 있다고 생각했다. 우리는 그중에서도 후자의 가능성이 더 높다고 봤다. 이런 치료의 경우 선전과 달리 막상 치료 효과나 치료 과정이 기대에 못 미치는 경우가 많은데 단체가 이뤄지면 불만을 구체화할 수 있는 에너지가 커지게 마련이어서다.

도쿄 시내 도심의 지하철 역세권에 자리 잡은 ○○ 종양내과엔 30대 후반쯤으로 보이는 여자 의사 한 사람이 앉아 한국에서 온 환자를 만났다.

진료실 벽에는 한국의 한의원에서도 하지 않는 '십전대보탕' 광고 포스터가 걸려 있었다. 일본은 우리와 달리 양·한방을 동시에 하는 나라다. 그렇더라도 세계 최고의 암 전문병원을 기대하고 온 사람들에게 한국에서는 그야말로 '옛날식 다방'에서나 파는 십전대보탕을 항암 약으로 자랑스럽게 선전하는 것은 기대와는 너무 동떨어진 에피소드였다.

❀ 효과 물어본다면 "글쎄요."가 아닐까

서울에 돌아와 한의사인 큰아들에게 그 이야기를 했더니 십전대보탕을 원래 항암 약으로 처방하기도 한다면서 양한방 공동처방을 하는 일본 의료계에서는 있을 수 있는 일이라고 했다. 그러나 아들도 십전대보탕이 수지상세포 치료 클리닉의 주된 광고 포스터란 점에서는 우리와 걱정이 같았다.

6차례의 클리닉 방문과 주사를 맞는 과정에서 같은 처치를 받으러 온 환자는 만나보지 못했다. 예약제로 운영되더라도 대기실에서 몇 분씩 기다릴 수도 있고, 보호자인 아내가 처치를 받을 때도 나는 계속 대기실에 있었기 때문에 다른 환자와 조우할 수도 있으련만 그런 일은 일어나지 않았다.

일본 방문 치료가 돈만 버린 것인지 항암에 도움이 된 것인지는 그때도 그랬고 지금도 알지 못한다. 여러 처치가 겹쳐서 이뤄지고 쉼 없이 또 다른 처치가 계속해 이어지기 때문에 효과를 측정하는 것 자체가 불가능한 일이긴 하다. 그러나 우리의 경우 여러 가지를 양보하더라도 최소한 극적인 효과는 없었던 편이다. 이런 효과 측정의 애매함 때문에, 모든 대체 의학과 유사 의료 행위들이 계속 생명을 이어가는 것이라는 생각이 들었다.

그러나 수지상세포 치료를 전후해 도쿄 부근을 하루 이틀씩 여행했던 것은 좋은 추억으로 남았다. 한번은 동생 부부가 동행하기를 원해 처치가 끝난 뒤 온천지역으로 추가 여행을 다녀오기도 했다. 그런 추억을 남긴 것도 효과라면 효과일 것이다.

수지상세포 치료는 불쾌감이나 통증은 없이 진행돼 좋았다. 두 번인가 주사를 맞았을 때 겨드랑이 주변에 좁쌀 모양의 수두군이 길이 10㎝, 폭 2㎝ 넓이로 나타났는데 이상징후가 아니냐고 기획사에 문의하자 자기들도 처음 겪는 일이라는 답변이 돌아왔다. 그다음에도 두어 번 그런 현상이 나타났다. 도쿄의 의사에게도 사진을 보여줬지만 자기도 처음 보는 것이라고 했다. 크게 불편하거나 가

렵지도 않고 며칠 뒤엔 없어지고 해서 그런가 보다 할 수밖에 없었다. 한때는 수두가 생기는 게 한의학에서 말하는 명현현상 같은 게 아닐까 넘겨짚기도 했는데 그도 아닌 모양이었다.

수지상세포 치료도 3주에 한 번씩 꼴이었던 것으로 기억된다. 처음에는 일본 병원에 직접 가면 더 좋지 않을까 해서 다녔는데 나중에 한두 번은 일본에 가지 않고 서울의 대행하는 의원에서 채혈하고 주사를 맞았다. 어쨌거나 한 사이클을 돌고 더 이상 추진하지 않았다.

누군가가 지금 일본 등에서의 수지상세포 치료에 대해 어떻게 생각하느냐고 물으면 나도 박 교수와 같이 대답할 것 같다.

"글쎄요. 어떻는지."

2. 항암 3·4·5차 벨로테칸까지 가는 길

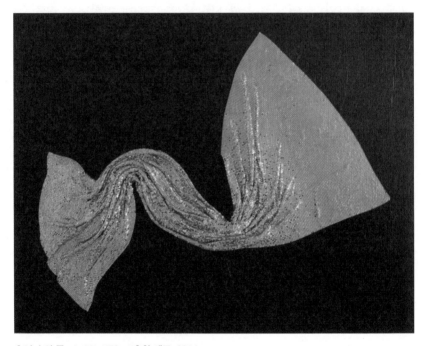

추억 속의 몸 - 1, 90cmX72cm, 혼합 재료, 2014

암 선고를 받고 먼저 겪었던 경험자들의 이야기 중에 '울면서 걷게 했다'라는 이야기를 1·2차 항암 때까지도 이해하지 못했었다. 항암 때 불편하고 또 며칠 힘들긴 했지만 울면서 걸을 정도는 아니었다. 그러나 아바스틴이 끝나고 다음 3단계 항암제로 가서부터는 아내의 입에서도 비명이 터져 나오기 시작했다.

이제 항암제를 바꿔도 길어야 4~5개월이 한계였다. 처음 맞으면 CA125가 절반으로 뚝 떨어지고, 다음에 맞으면 다시 30~40%가 줄어들고 하는 식으로 안전선인 35 안으로 들어가거나 근접해 갔다. 그러나 5·6차쯤 되면 더 이상 줄지 않거나 오히려 오름세로 추세를 바꿨다. 항암이 누적되면서 당연히 환자의 컨디션도 나빠지고 항암 부작용도 커졌다.

✿ 항암, 울면서 걷는다더니 견딜 수가 없다

항암은 3차 케릭스를 거쳐 4차는 독소루비신(Doxorubicin)과 카보플라틴(Carboplatin) 병용요법이었다.

아내는 항암의 고통도 결국은 자기만이 감내해야 한다는 점을 너무 잘 알고 있었다.

그는 참을 수 있는 한계점에 오기까지는 자기가 삭여야 할 일이고 밖으로 고통을 이야기해 봐야 주변 사람들만 힘들게 한다는 걸 알았다. 그는 수도승처럼 인내하고 또 인내했다. 그는 항암 부작용으로 힘들면 말하지 않는 방법으로만 주변 사람들을 불편케 했다. 항암 부작용이 있는 동안은 죽을 먹어야 하는 경우가 많았는데 그마저도 충분히 먹을 수 없었다.

그의 몸이 버텨내는 한계선은 5차 항암인 '벨로테칸(Belotecan)'에서 왔다. 우리는 독소루비신이 내성이 생겨 효과가 없는 것으로 판명되자 두 달간 항암을 쉬었는데 CA125가 금방 900선을 넘어섰다.

다시 병원을 방문한 우리 앞에 새로 제시된 주사제는 표준화학요법에 실패한 저항성 난소암과 재발성 난소암 치료제라는 벨로테칸이었다. 나중에 알게 된 일이었지만 병원마다 비슷한 처방순서가 마련돼 있어서 그 순서에 따라 항암 처방이 이루어지는 것이었고, 이젠 벨로테칸 순서가 된 것이었다.

2019년 10월에 벨로테칸을 한 차례 맞고 나서 아내는 더 이상 항암을 하지 않겠다고 선언했다. 아들들과 나는 그래서는 안 된다고 권했지만, 그는 눈물로 맞섰다. 아내는 우리들이 현장 모면용으로 항암을 권하는 것이 아니냐며 불편한 마음까지 내비쳤다. 복잡하게 계산할 수 없는 보호자들이 항암 이후가 어떻게 되건 일단 항암 주사에 맡겨놓고 도피하려는 심리가 나와 우리 가족에게도 있지 않느냐는 서운함이었다.

틀리지 않은 말이기도 했다. 항암 주사에 맡겨두면 일단 또 몇 달을 별생각 없이 보내도 된다는 회피심리가 우리 모두에게 없지 않았다. 항암 주사 외에 우리가 생각할 수 있는 효과적인 대안이 없기도 했지만, 우리는 그 계산법에 환자 본인이 겪는 항암의 고통을 너무 과소평가하고 있었다.

11월 두 번째 항암을 하기로 된 날, 아내를 설득하는 데 실패한 나는 아내 대신 박상윤 교수의 진료실을 찾았다. 그냥 가지 않을 수도 있겠지만 앞으로 어떤 일이 있을지도 알 수 없고 연락도 없이 노쇼를 해서는 안 되겠다 싶어 항암 중단을 설명하러 간 것이다.

의사의 처방을 거부한 환자의 보호자여서 대단히 송구한 입장으로 항암을 더 이상 못하겠다는 환자의 의사를 전한 내게 박 교수의 반응은 예상 밖이었다. 그러면 안 된다거나 짜증을 예상했던 내게 그는 "환자가 항암을 하지 않겠다고 하면 우리가 고맙죠."라고 담담히 말했다. 그 말에는 사실 효과적이지 않고 결과도 반신반의하는 약을 환자의 생명 연장 욕구 때문에 의사들은 수동적으로 처방하고 있는데 그걸 하지 않겠다고 하니 의사로서도 반갑다는 뜻이 들어있는 듯했다.

죽어가면서 의사에게 매달리는 환자를 외면하지 못하는 암 치료 의사들의 직업적 고뇌가 이 한마디에 녹아있는 것 같았다.

❀ 사실은 완화의료를 알아봐야 할 시점

국립으로 운영되는 암센터 의사의 바람직한 모습인지도 몰랐다. 그는 그러면서 "사실은 완화의료를 생각해야 할 시점"이라고 말했다. 그 정도는 그래도 아니지 않나! 입 밖에 내진 않았어도 나는 속으로 부르짖었다. 항암이 어렵고 병세가 심하다는 것은 의사가 아니라도 알지만, 의료진의 입에서 '완화의료'라는 말을 듣는 것은 또 다른 충격이었다.

'완화의료'란 질병의 치료나 개선이 아니라 질병으로 인한 고통과 증상을 완화하여, 더 편안한 삶을 유지하는 데 목적을 둔 의료를 말하는 것이다. 이는 더 이상 효과적인 치료제가 없는 말기 암인 것을 전제하며 죽음을 기다리라는 다른 표현이기도 했다. 약이 잘 듣지 않기는 하지만 그렇다고 벌써 그런 단계란 말인가.

완화의료에 대해 조언을 해줄까 하는 의사의 말에 "여러 가지 대사 치료도 하고, 일본서 하는 수지상 치료도 하고 있으니까, 상황을 보고 다시 진료 예약을 하겠다."라는 말만 하고 돌아왔다.

병원에서의 일을 묻는 아내에게 "미안해하는 내게 의사가 오히려 고맙다고 하더라."는 말을 전했다. 의사가 '완화의료'를 권했다는 이야기는 꺼내지도 않았다. 국립암센터에서 완화의료를 제안했다는 사실은 거의 1년쯤 뒤에서야 환자에게 말할 기회가 있었다.

이젠 대사 치료나 정말 수지상세포 치료를 믿어야 할 상황이 왔다. 항암 없이 대사 치료나 수지상세포 치료로 현상 유지라도 할 수 있을까.

3. 암 요양 병원과 실손 보험

❀ 6년 차에 처음 찾은 암 요양 병원

발병 6년 차인 2019년 3월에 아내는 처음으로 암 전문 요양 병원이란 델 가보겠다고 했다.

"식사 도움도 받을 겸 암 요양 병원을 가볼까 해. 당신도 간병 부담을 벗을 수 있지 않을까 싶고⋯."

처음 아내가 찾은 곳은 남양주 수동에 있는 크리스천 계통의 암 요양 병원이었다. 꽤 깊은 산속 임도(林道) 아래 위치한 요양 병원은 여러 가지로 건실했다. 종교재단 계통의 병원들이 그렇듯 이곳도 환자들에게 가능한 큰 부담을 주지 않으려고 하면서 마음 치료에 신경을 많이 썼다.

여러 동의 비닐하우스에서 직접 채소를 재배해 환자들의 식단에 내놓기도 했다. 대부분의 요양 병원이 하는 대로 이곳도 비타민 주사를 처방했고 온열치료를 했다. 나는 가평 설악에서 40km쯤 되는 그곳 병원을 매일 한 번씩 가서 같이 산책한 후 점심이나 저녁을 함께하고 돌아오는 생활을 했다.

아내가 발병 이후 5년 넘게 암 요양 병원을 찾지 않았던 큰 이유는 내가 광화문에서 일을 하고 있어서였다. 그 일이 2018년 5월에는 끝이 나 그 뒤로 우리는 주로 가평 설악면의 화실에서 불편한 살림을 하고 있었다. 불편하긴 해도 집이 산속에 있어 공기가 좋은 게 좋지 않겠냐 해서였다. 아내는 암 발병 전에도 미세먼지에는 유독 약하고 힘들어해 설악 화실은 좋은 요양처였다.

아내가 요양 병원으로 옮겨도 나는 요양 병원과 가까운 설악에 머물고 있었다. 아내와 나는 매일 가는 임도가 지겨워지면 멀지 않은 아침고요수목원이나 축령산 산림욕장 등을 산책했다.

고기는 암을 자극한다는 이론을 받아들여 가능한 한 붉은 고기는 먹지 않으려 했는데 그래도 오리고기만은 자주 먹으러 다녔다. 요양 병원 근처에 다행히 잘하는 오리고기 집이 두어 군데 있어서 아들들이 병문안 올 때는 꼭 오리고기 집으로 다녔다. 내가 없는 사이 아내의 친구들이 병문안을 와도 오리고기를 먹으러 다녔다고 한다.

❀ 수동 요양 병원서 청평으로

아내는 2개월이 지나고 산의 색깔이 짙어지자 요양 병원을 옮기자고 했다. 아내는 4인실에서 지내고 있었는데 병실에서는 암과 관련한 온갖 정보들이 오갔다.

그중 청평의 H 요양 병원의 음식이 좋다는 소문이 있었다. 한의사가 병원장인데 표준 항암 외적인 대체 의학으로 적극적인 치유를 시도한다는 이야기도 솔깃하게 느껴졌다. 설악 화실에서 오십 리 정도밖에 안 돼 내가 오가기 쉬운 것도 큰 장점이었다.

"당신이 왕복 2백 리 길을 매일 오가는 게 너무 위험해 보여서 옮기는 거야."

아내는 나를 봐주려 옮기는 것이라고 말했다.

H 요양 병원은 나중에 부인이 국가 요직으로 가면서 부군의 요양 병원도 세간의 화제가 되었던 곳이다. 산속에 자리 잡았으면서 북한강과도 400~500m밖엔 떨어지지 않아 입지가 좋았다. 환자들

은 오전에는 등산길을 오르고 오후에는 북한강 변을 산책할 수 있었다.

병원에서는 항암 보조제로 '한약'을 수백만 원에 처방했는데 한의사인 아들이 처방전 내역을 들여다볼 기회가 있었다. 아들은 그의 처방에 수긍하지 않는 모습이었다. 아들과 그 병원의 원장은 25년쯤의 세대 차이가 있었는데 젊은 한의사들은 선배 한의사들의 과학이 뒷받침되지 않는 '신비주의'를 탐탁하게 여기지 않아 했다.

한의학 박사기도 한 아들은 한약 항암제라고 처방되는 약들을 과학이 뒷받침되지 않는 '신선약'으로 보는 듯도 했다. 그는 그래서인지 소양·소음 등의 체질의학도 다루지 않았는데, 한약의 역할을 항암 후유증을 줄이는 데에 국한하고 본격적인 항암 약은 처방하지 않았다. 아들은 논문으로 뒷받침되지 않는 처방은 할 수 없다고 했는데 중국에서 처방되는 항암약을 한 두번 해주었다. 그도 반신반의 했었다.

✿ 천만 원이 넘는 1인실

아내는 그곳에선 1인실을 사용했다. 내가 와서 잘 수도 있을 것이란 것도 고려하고 '풍욕'이라든지 야채즙을 짜 먹기 위해서는 1인실이 좋겠다고 했다. 1인실은 꽤 많은 돈이 들었다. 한 달에 천만 원 정도가 소요되는 듯했다.

병원에서는 비교적 많은 대체 의학적인 처방을 적극적으로 사용했다. 병원장이 처방하는 '항암 한약'이 있었고, 비타민 주사나 온열

치료 등 다양한 항암 보조 처방들이 있었다.

이곳에서는 특히 야채즙으로 말기 암을 고쳤다고 주장하는 J 선생이 와서 주기적으로 강연을 했다. 그는 야채즙 외에도 여러 가지 암을 고치는 '습관'에 대해 강의했다. H 병원에서는 명상 등 마음 치료에 대해서도 여러 가지 강좌를 준비하고 처방했다.

식사는 야채 위주로 구성하면서도 꽤 화려한 뷔페식으로 제공이 되었다. 코로나가 기승을 부리기 전까지는 보호자나 문병을 온 가족들도 환자들과 같이 식당에서 식사를 자유롭게 했는데, 아마도 1인당 1만 원 정도의 쿠폰을 팔았던 것으로 기억된다.

나중에 세 번째로 갔던 여주의 S 요양 병원은 가장 평화롭고 안락한 분위기의 요양 병원이었다. 여기는 수만 평의 농경지를 소유한 병원 측에서 어지간한 채소는 모두 유기농으로 자급자족하는 병원이었다. 병원 운영도 여유가 있었고, 식사도 최상이었다.

이곳은 그 대신 다양한 치유프로그램을 갖추진 않았다. 비타민 주사와 셀레늄 주사가 주종이었다. S 병원의 원장은 서울대학병원의 원장 출신으로 부인암 전문가인 90대의 노신사였다. 그는 셀레늄이 항암 보조제로는 최고라고 확신하는 듯했다.

H가 적극적인 '한의학적 치료'를 추구한다면 S 병원은 요양과 항암 식단에 초점을 맞추고 있는 듯 보였다. 수동의 요양 병원은 마음 치료를 강조하는 듯했는데 식단이나 이런 것에 크게 비중을 두지 않았다.

암 요양 병원은 실손 보험이 없으면 장기체류가 어렵게 운영했다. 4~5인실을 이용해도 400~500만 원의 입원비가 필요했다. 1인실을 이용하면 천만 원 정도가 필요했다. 병원 규모가 그다지 크지 않고, 외래 환자가 없거나 비중이 낮아서 입원환자들이 운영 경비와 '수익'을 모두 책임져야 하기 때문일 것이다.

실손 환자들도 대개는 1년에 6개월 정도만 입원비를 보험사에서 받을 수 있고 나머지 기간은 외래로 병원에 갈 때만 보장을 받을 수 있어서 제한이 있었다. 때문에 6개월만 입원을 하고 입원할 수 없는 기간에는 병원 근처에 셋방을 구해놓고 병원의 치유프로그램이나 '항암 식단'을 이용하는 사람도 있었다. 여유가 있는 여주의 S 요양 병원에서는 병원 소유 주택들을 환자들에게 세를 주는 방법으로 편의를 봐주기도 했다.

❀ 암 환자와 보험사와의 갈등

암 요양 병원 입원 치료비는 아마도 실손 보험 회사들의 가장 큰 손실 구멍일 듯했다. 재발을 두려워하는 환자들은 항암 중이 아닌 관해 상태에서도 요양 병원에서 입원해 처치를 받고 싶어 했다. 요양 병원 측은 환자들의 욕구에 응할 준비 태세가 넘쳐났다.

절제하지 않는 환자들의 입원비 보상 요구에 보험사들은 상담해서 보험금을 조정하거나 과도하다 싶으면 지급을 거부하는 경우도 있었다. 보험 회사 직원들이 자주 병원을 들락거렸고, 실랑이도 자주 벌어지는 듯했다. 보험 회사 직원들의 병원 방문은 병원과 환자 모두에게 '과잉 진료'를 하지 말라는 시위의 성격도 있어 보였다.

H 요양 병원에서의 일이었다. 한 여자 환우는 초기 암 환자로 완

치 판정을 받기에는 아직 기간이 되지 않았지만, 오랜 기간 관해 상태에 있다고 했다. 그녀는 1인실을 사용하면서 병원에서 제공하는 처방을 절제하지 않고 기꺼이 받아들였다. 당연히 한 달 병원비가 1천만 원 수준에 이르렀다. 병원비를 신청하자 보험사 직원이 방문해 "고객님의 상태에서 이런 처방은 과도하다."라는 점을 지적하면서 보험료를 지급할 수 없다고 통보했다.

소문이 병원에 퍼지면서 환자들 사이에도 갑론을박하는 일이 벌어졌다. 환자가 무리하게 보험사 돈을 썼다는 시각이 꽤 있었지만, 해당 보험사를 욕하는 사람들도 많았다. 그 보험사는 마침 관리 잘하기로 유명한 S 보험사였는데 보험비 지급관리를 가장 엄격하게 한다고 환자들 사이에 소문이 나 있었다.

보험비 지급의 엄격한 관리는 보험사에는 이득이 되겠지만 환자에게는 손해가 되는 제로섬 게임이다. 그녀는 한 달이 아닌 몇 달을 입원한 뒤에 한꺼번에 보험금을 신청한 모양이었다. 한 달 치면 천만 원의 문제지만 몇 달이 되면 몇천만 원의 문제가 된다. 거대 보험사가 지급을 거절하면 할 수 있는 일이라는 게 결국은 소송밖에 없을 것이어서 듣는 사람들도 답답해했다.

이 문제가 소송으로 갔는지 아니면 적절한 선에서 보험금 지급을 조정하는 선에서 끝났는지는 더 듣지 못했다. 그녀가 퇴원했기 때문이다. S사는 한동안 보험금 지급을 둘러싸고 불만을 가진 환자들이 사옥 앞에서 상여 시위를 벌여 유명하기도 했다.

✿ 만족스러웠던 M사의 보험금 지급 시스템

아내가 들은 실손 보험은 절친인 K가 은행지점장으로 있을 때 강권해 가입한 것이었다. 그것도 2009년 3월에 가입해 2014년에 암진단을 받았으므로 친구의 권유가 당시에는 '강권'이었지만 발병 후에는 '구원의 손길'이 되었다. 보험 회사도 비교적 신생인 M사였는데 약정 금액은 1억 원, 만료기일은 2058년이었다.

우리는 보험과 관련해서는 한 번도 스트레스를 받지 않았다. 아내는 2019년 3월까지는 요양 병원을 한 번도 이용하지 않았다. 1년에 1억 원을 암 치료에 쓸 수 있는데도 대학 병원에서의 표준치료 외에는 5년을 쓰지 않은 것이다. 그래서 그런지 M사는 쉽고 빠르게 보험금을 지급해 주었다. 오늘 진료비 세부 내역서를 핸드폰 사진으로 찍어 보내주면 다음 날 요청 금액 전액을 입금해 주는 식이었다.

아내는 자기가 5년간이나 이를 쓰지 않아 보험사가 자신에게 호의적이라고 생각했다. 보험금이라 할지라도 함부로 사용하지 않는 아내의 자세는 훌륭했다. 그런 아내에게 보험금을 쉽고 빠르게 지급하는 M사와 해당 직원도 훌륭하다고 믿었다. 우리도 요양 병원 1인실을 사용하거나 면역항암제를 맞을 때는 한 달 청구액이 1천만 원을 넘기도 했었다.

이렇듯 실손 보험의 위력을 실감했지만, 막상 내겐 실손이 없다. 당시 지점장이었던 K가 아내와 나를 동시에 가입시켰는데 회사 일에 바쁜 척했던 내가 보험 회사에서 온 전화를 받아 본인확인을 해 주었어야 했으나 그러질 않아 아내만 가입이 됐다고 한다. 아내를 간병하던 중 "지금이라도 실손을 들까?" 했더니 "보험금 서류 챙기는 것도 자기는 귀찮아서 못 할 테니 혹 그런 상황이 오면 집이라도 팔아서 그냥 쓰는 게 나을 거예요."라고 시큰둥하게 받아서 그만두었다.

✿ 마지막 받은 이미지는 그러나 아쉬움

아내가 하늘나라로 간 뒤 보험 등을 해약하는 과정에서 M사의 강남지역 고객창구에 들렀다. 잔여 보험금을 청구하는 통상적인 일을 한 뒤 나는 창구직원에게 "투병하는 동안 많이 도와줘서 고맙습니다."하고 인사를 했다. 5년간만 보험료를 내고 어쨌거나 몇억 원에 달하는 보험료를 스트레스 없이 편하게 받았던 것에 대한, 진심을 담은 인사였다. 집에서 아기 볼 때처럼 편한 옷차림으로 손님을 응대하던 여직원은 "네."하고 짧게 답했다.

"아, 그러셨어요. 칭찬해 주셔서 고맙습니다. 잘 되었으면 좋았을 텐데 그러지 못해 안타깝네요."

이런 정도의 답변이 돌아올 것으로 생각했는데 "그래서 뭐 어쩌라고요."하는 투로 들리는 것 같았다. 일을 빨리 끝냈으면 했던 그 창구직원에게는 나의 정중한 '사의'(謝意)마저도 귀찮았을 수도 있었을 것이다. 옷차림에서 상황을 읽어냈어야 하는데 그렇지 못해 의문의 1패를 당한 경우였다. 경영방식과 직원의 태도는 같지 않았다. 나의 이야기를 들은 큰아들은 "고객이 보험사에 고맙다고 하면 보험사 입장에선 고맙도록 느끼게 만든 그 직원이 잘못한 게 아니겠어요."하고 현실적인 해석을 내놓았다.

보험금을 잘 지급하는 것으로 소문이 났는데도 'M사의 성장세가 가파르다'라는 경제지 기사를 나중에 읽은 적이 있다. 잘해주면 고객이 늘고 결국은 손해인 것 같아도 이익이 되는 선순환이 일어나나 보다 싶었다. 그에 비해 S사는 그룹이 가진 세계 굴지의 회사 이미지에 어울리지 않게 암 환자들과 그 가족들로부터 너무 많은 이미지 손상을 입고 있었다.

H 요양 병원에 입원해 있는 동안에 국내에서 대사 치료를 주도하고 있던 홍수진 선생이 그곳으로 온다는 소식이 들려왔다. 다른 요양 병원에 있으면서 홍 선생의 처방을 받았던 환자 3명인가도 같이 그곳으로 왔다고 했다. 그 환자들은 대사 치료의 효험을 보고 있다고 했다. 대사 치료에 대한 기대가 커졌다.

4. 제인 맥클랜드의 대사 치료, 암을 굶겨라

"일단 재발이 되면 항암으로는 완치가 어렵다."

재발 암 환자들을 이보다 더 절망케 하는 말은 없을 것이다. 그러나 아내의 암 치료 과정을 지켜본 입장에서 이 말은 대체로 진실이거나 팩트였다. 의사들은 그런 말을 구체적으로 환자나 보호자에게 해주진 않았다.

그러나 환자들은 의사들의 귀하디 귀한 쪼가리 말들을 조립하거나 먼저 발병한 환우들을 통해서, 혹은 암 관련 온라인 카페들을 통해 이를 확인해 간다. 환자들은 이런 상황에서 대사 치료나 과학적 데이터가 없다고 의사들이 논의 자체를 거부하는 민간요법들에 매달리게 된다.

아내도 재발 이후 어느 순간 대사 치료를 병행해야만 그나마 나은 상황을 기대할 수 있을 것이라는 믿음의 대열에 합류했다. 아바스틴이 20회를 넘어가고 주사약 항암에 대한 회의가 생기면서였다.

영국서 온 암 굶겨 죽이기 요법

대사 치료는 암을 직접 공격하는 화학 항암제나 표적치료제와 달리 암세포의 생성과 소멸 과정의 대사(代謝)에 관여해 암을 굶겨 죽이는 치료를 통칭하는 말로 쓰이고 있다(국어사전에서는 생물체가 몸 밖으로부터 섭취한 영양물질을 몸 안에서 분해하고 합성하여 생체 성분이나 생명 활동에 쓰는 물질이나 에너지를 생성하고, 필요하지 않은 물질을 몸 밖으로 내보내는 작용이라고 설명한다). 그동안에도 다양한 형태의 대사 치료가 국내에서도 있었을 것이다.

그러나 민간요법 수준으로 극히 제한적인 의사들의 관심만 받던 대사 치료는 2019년 제인 맥클랜드(Jane McClelland)의 《암을 굶기는 치료법(HOW TO STARVE CANCER)》이 국내에 소개되면서 암 환자들과 관심 있는 의사들 사이에 큰 반향을 불러왔다. 이 책은 내과 전문의인 홍수진 선생과 진희연, 홍인표, 하태국 4명의 공동 번역으로 출간됐다. 영국의 간호사였던 제인은 자궁암 4기를 진단받고는 화학 항암제 등을 쓰다가 다양한 대사 치료를 통해 완치된 과정을 책에 담았다고 했다.

우리도 그 책을 사서 읽었다. 동양 의학의 당뇨병 치료 약재인 베르베린, 스타틴과 아스피린, 심장병이나 정상적인 심장의 혈관을 확장해 더 좋게 산소화하게 하는 디피리다몰 등 기존에 나와 있는 약제 수십 종을 암 굶기기에 효과적인 약물로 소개하고 그 기전에 대해 설명하는 방법으로 많은 관심을 끌었다.

이 책이 나온 뒤 통합의학이나 대사 치료에 관심 있는 의사들이 모여 세미나를 열기도 하는 방법으로 암 치료의 한 전문영역으로 발전시켜 나가고 있었다. 그 중심에 이 책의 번역을 주도한 홍수진 선생이 있었다. 물론 이 책에 나오는 내용들이 전혀 새로운 것은 아니라고 했다. 이미 영국의 관련 클리닉 등에서 쓰고 있거나 추천하는 치료법들이라고는 했는데, 어쨌거나 이를 자신이 직접 체험하면서 쉽게 집대성했다는 특징이 있었다.

아내는 청평의 요양 병원에 있으면서 이 병원에서 진료하게 된 홍수진 선생에게서 관련 약물을 처방받을 수 있었다. 약국에서 판

매되는 의약품이 아닌 건강식품류는 주로 해외 직구를 통해 조달했다. 요양 병원에 있는 환자들의 상당수가 대사 치료에 관심이 있어서 해외 직구의 경우에는 공동 구매를 하는 경우도 더러 있었다.

약들 대부분은 기존에 다른 증상에 처방되고 있는 오프라벨(off-label) 처방이었다. 오프라벨은 적합한 약이 없거나 촌각을 다투는 환자를 위해 꼭 필요할 때 의료기관이 식약처가 허가한 의약품 용도(적응증) 외 목적으로 처방하는 것이다.

암의 생성과 전이 과정의 다양한 대사 과정을 방해하기 위해 처방되는 약은 무려 20개가 넘었다. 다른 증상에 처방되는 것이지만 여러 경로의 처방이나 실험을 통해 암세포의 성장 대사를 방해하는 것으로 알려지거나 확인된 약물들이라고 한다. 이 약들을 주로 아침과 저녁 두 차례에 나눠 먹었는데, 그러다 보니까 한 번에 약을 10개씩 먹어야만 하는 강행군으로 이어졌다.

❀ 쇼핑백을 가득 채운 오프라벨 약품들

2020년 3월 2일 받은 약국 처방용 대사 약물은 메트포민 다이야벡스 250, 메트포민 메가폴민 500, 히드록시클로로퀸(할록신) 100, 스트록스타서방캡슐, 바이엘아스피린 100, 동성로바스타틴 20, 에토틴캡슐 200, 인데놀 10, 저용량날트렉손, 나이아신, 콜킨 0.6, 이미프라민, 휴온스 시메티딘 200이었다. 흔한 약도 있었지만, 대부분은 이름도 생소한 것들이었다.

우리는 이 약을 청평면 소재지 버스 터미널 부근의 약국에서 구입했다. 차 세울 데가 마땅하지 않은 대로변이어서 차를 길가에 세워 놓고 운전석에 앉아 기다리면 아내가 약국으로 가서 큰 쇼핑 봉투를 채운 약을 받아 나오곤 했다.

건강기능식품은 따로 또 있었다. 이날 처방에 따라 구입한 대사용 건강기능식품은 베르베린, 레스베라트롤, 녹차(EGCG), 강황, 바질, 메벤다졸(기생충 약) 등이었다.

의사는 일정 기간이 지난 뒤 혈액검사나 암의 표지자 검사 결과 등을 토대로 필요한 경우 약물 조합에 변화를 주곤 했다. 이미 여러 차례의 항암 주사로 기능이 많이 떨어진 몸 상태에서 이렇게 많은 캡슐 약을 먹기란 쉬운 일이 아니었다. 환자들은 위장에서의 부담을 줄이고 약의 흡수를 돕기 위해 캡슐 껍질을 벗기고 내용물만 숟가락에 모아 먹기도 했다.

항암 주사에 못지않게 대사 치료 역시 고통스러운 투병 활동이었다. 그러나 항암만으로는 완치할 수 없다는 사실 앞에서 많은 환자들이 정도의 차이는 있지만 대사 치료를 병행하는 길을 걸었다.

그렇다 해도 준비 과정의 번거로움과 복잡성, 많은 양의 약을 한꺼번에 삼켜야 하는 부담은 컸다. 20종류 내외의 약을 동시에 복용하는 환자는 드물었다.

아내도 마찬가지였다. 처음에는 의욕적으로 출발했지만, 점차 사다만 놓고 복용은 하지 않는 약물과 기능식품의 수량이 늘어갔다.

✿ 무조건 혈당 줄이기가 대사 치료의 핵심

대사 치료는 암세포를 굶기기 위해 높은 혈당을 주적으로 여겼다. 이를테면 "대사 치료 약물들이 암을 효과적으로 굶길 수 있도록 공복 혈당은 70대를 유지해야 한다."라고 강조한다. 공복 혈당의 당뇨병 기준치가 126이므로 70을 유지하기는 굉장히 어려운 과제다.

"저녁에는 특히 쌀밥을 적게 먹고 식후운동으로 혈당을 소모하는 것이 도움이 된다."

"주 2회 정도는 저녁을 먹지 않는 간헐적 단식이나 저녁 식사에 탄수화물을 먹지 않고 채소와 생선 한 토막 정도만 먹는 습관도 많은 도움이 된다."

아내가 대사 치료에서 많이 들은 말들이었다. 오프라벨 중 메트포민은 바로 당뇨 치료제이다. 또 건강기능식품 중 베르베린도 동양 의학에서 당뇨 치료에 쓰는 약제다. 가능한 한 적게 먹게 하면서 혈당을 낮추는 약물들로 혈당을 낮게 가져가는 것이 대사 치료의 기본작업으로 보였다. 김의신 박사가 미국의 병원으로 자신에게 암 치료하러 오는 한국인들의 대부분은 '초근목피'로 암보다 영양실조로 먼저 죽는다고 개탄했던 바로 그 지점과 비슷하다.

가족들은 대사 치료에 동의하면서도 영양실조를 불러올 수준의 과도한 '혈당 억제'는 불안하게 느꼈지만, 환자는 어차피 퇴로 없는 싸움을 치르는 중이었다. 대사 치료도 좋지만, 암에 이기려면 영양 상태가 좋아야 한다는 일반론이 우리가 아는 것이었는데 좋은 영양은 암세포를 더욱 유리하게 한다고 주장하는 것이 대사 치료 주창자들이었다.

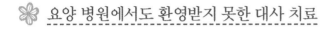 요양 병원에서도 환영받지 못한 대사 치료

대사 치료는 요양 병원에서도 환영받는 과목이 아니었다. 홍 선생의 경우 환자 한 사람과 투약 상담을 하려면 30분 정도가 필요해 보였다. 이 시간이면 보통 환자 10명을 진료할 수 있는 시간이었다. 약의 숫자가 많고 환자의 상태를 문진으로 가능한 한 많이 파악해야 하므로 그 정도 시간이 필요한 것 같았다.

더구나 대사 치료를 처음 시도하는 환자는 지도해야 할 것이 많아서 시간이 두 배 이상 걸린다는 이야기를 들었다. 오죽하면 대사 치료에 대한 기본 공부를 하지 않았으면 진료받으러 오지 말라는 경고를 내걸 정도였을까.

이처럼 시간이 오래 걸리는 진료였지만 요양 병원에는 남는 것이 하나도 없는 처방전이었다. 의사는 의사대로 관련 약을 구비해 놓도록 인근 약국에 '로비'를 해야 하는 번거로운 일이었다. 의사가 개업의여도 마찬가지라고 들었다. 30분에 환자 한 명을 보고 살아남을 개업의는 없을 것이다(일반 내과의 경우 감기 환자 같은 가벼운 환자 위주로 진료한다면 하루에 100명 정도 봐야만 병원을 유지할 수 있다고도 한다). 옆에서 보기에도 대사 치료를 하는 의사들은 큰 사명감이 있어야만 할 수 있는 일이었다.

홍 선생은 아내가 청평의 요양 병원을 나온 뒤 얼마지 않아 인천 쪽의 다른 요양 병원으로 옮겨 아내와 함께 그곳을 방문하기도 했었다. 그러나 그 병원에서도 그리 오래 근무하지 않고 다른 곳으로 옮겼던 것으로 기억된다.

그는 나에게는 개인적으로 고등학교 후배라는 걸 청평의 요양 병원에 있을 때 알았었다. 내과 전문의로 한 환자에게 30분씩 할애해 암 환자를 도우려던 그의 열정을 지금도 잊을 수 없다. 만나기 쉽지 않은 의사다운 의사였다.

❀ 지속하기가 쉽지 않다. 그럼, 효과는?

대사 치료는 지나치게 많은 약물을 섭취해야 해서 지속 가능성이 우선 문제였다.

대사 치료의 효과가 어떤지는 다른 대체 치료와 마찬가지로 또한 알 수 없는 일이었다. 효과를 본다는 사람도 있을 수 있고, 없다는 사람도 있기 때문이다.

심지어는 암 굶기기를 쓴 제인이 진단받은 자궁경부암이 상대적으로 쉬운 암이어서 대사 치료가 아닌 다른 방법으로라도 얼마든지 관해가 가능한 암이라는 글을 읽은 적도 있을 만큼 여전히 논쟁적이기도 하다.

대사 치료를 하는 사람들이나 의사들은 이 방법은 어디까지나 항암의 보조수단이란 점을 강조한다. 민간 대체 의학을 하는 사람들이 '이것으로 암을 낫게 한다'라고 하는 것과 달리 대사 치료 의사들은 '병원 치료의 효과를 극대화하는 방안'이라고 말하는 것이다. 때문에 병원의 항암 주사를 적극적으로 맞을 것을 권했다.

아내는 처음에는 대사 치료 외에는 항암을 하지 않겠다는 입장이었지만, 홍 선생은 그래서는 암을 잡을 수 없다면서 국립암센터에 가서 항암 주사를 계속할 것을 강권했다.

아내는 20여 가지의 약을 먹는 100% 대사 치료는 얼마 지속하지 못했지만 몇 가지 약만은 마지막까지도 보조제로 복용하고 있었다. 백분율로 따지면 20~50% 수준의 대사 치료일 것이다.

다른 암 환자들도 대부분 아내와 마찬가지의 길을 가는 것 같았다. 약에 대한 소화력이 복용량을 결정해 갔다. 컨디션이 좋으면 약을 많이 복용하고 나빠지면 오히려 복용량을 줄이는 방법이다.

대사 치료로도 아내의 날뛰기 시작한 전이암의 무서운 확장세를 누를 수는 없었다. 수지상세포 치료, 대사 치료, 꾸준한 커피 관장, 녹즙 먹기 등으로도 암은 눌러지지 않았다. 아내는 커피관장도 마지막까지 놓지 않았었다. 요양 병원의 의사들도 암센터에서 항암 주사 맞기를 강권했다.

항암 중단을 통고했던 국립암센터로 다시 찾을 수밖에 없는 상황으로 내몰렸다.

5. 생의 마지막까지 항암 주사를 맞는 이유

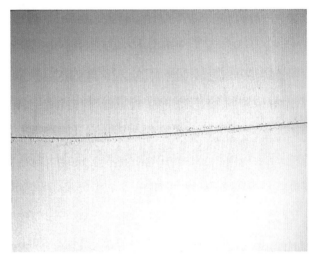

무심 1, 91cmX73cm, 스테인리스 철사, 아크릴, 2011

무심 2, 91cmX73cm, 스테인리스 철사, 아크릴, 2011

아내는 우리 가족 중에서 가장 합리적인 사람이었다. 그는 본래 성품대로 항암 문제에 대해서도 의미 없는 생명 연장용 항암은 하지 않겠다고 일찌감치 선언했었다.

우리가 발병 초기 암을 이해하기 위해 구입한 책 중에는 일본 의사가 쓴 《의사에게 살해되지 않는 47가지 방법》도 들어 있었다. 역시 일본인 의사 나가오 가즈히로(長尾和宏)가 쓴 《항암제를 끊을 10번의 기회》도 발병 초기에 읽었다. 저자인 일본 의사들은 무리한 항암이 삶의 질을 떨어뜨리는 데 그치지 않고, 생명을 단축하게 한다고 주장했다. 아내는 그들의 이론과 주장에 동의했다.

아내의 친한 고교 친구의 아버지는 70대에 대장암인가에 걸렸었다. 그분은 수술과 항암을 전혀 하지 않겠다고 하고는 2년 반 뒤 돌아가실 때까지 여행과 가족들과의 일상적인 생활을 즐겼다고 했다.

상식적으로도 무리한 항암이 좋지 않을 것이란 판단이 가능했지만, 일본인 의사들의 책과 친구 아버지의 사례 등이 아내의 선언에 영향을 미쳤을 것이다. 우리 가족들도 적극적인 항암을 권해도 단순한 생명 연장용은 고통만 가중하게 한다는 데 묵시적으로 동의하고 있었다.

❀ 지킬 수 없는 생명 연장용 항암 거부

그러나 아내는 애초의 선언을 지키지 못했다. 많은 사람들이 그랬듯이 거의 마지막 순간까지도 항암 주사를 맞는 투병 생활을 해야 했다. 아내는 마지막 항암인 9차 항암의 1차 사이클이 효과가 없어 다른 항암제를 찾아보자는 의사의 제안을 거부한 지 정확히 열흘 만에 하늘나라로 갔다. 마지막까지 사실상 항암 주사 줄을 꽂고 있었던 셈이었다.

나는 아내가 떠난 뒤 항암 과정을 복기해 봤다. 결과를 보았음에도 다시 돌아가도 또 그럴 수밖에 없을 것이란 생각을 하게 된다. 애초의 결심과 달리 항암을 마지막까지 하게 된 데는 결국 생명에 대한 미련이 없지 않아서였을 것이다. 상황이 악화하는 것을 보다 보면 누구라도 죽음에 대한 공포에 시달리게 되고 항암제를 통해 몇 달이라도 더 연장하려는 것이 본능일 것이다.

하지만 단계 단계마다 항암을 하는 것이 합리적일 수밖에 없도록 상황이 전개된 이유가 더 컸다. 결과를 보았음에도 똑같이 다시 할 것이라고 생각하는 것은 바로 모든 상황마다 항암 주사를 맞는 것이 합리적 선택으로 보였기 때문이다. 다른 사람들도 끝까지 항암 주사를 포기하지 못했다면 아내와 비슷한 이유였을 것이다.

첫째는 표준 항암 외에 대사 치료나 민간요법의 치료를 하더라도 모두들 '항암 주사'를 통해 급한 불은 꺼주어야 한다고 권해서였다. 아내는 4차 항암인 벨로테칸을 1사이클만 맞은 뒤 부작용 때문에 2사이클부터 맞지 않겠다고 했었다. 일단 항암을 중단한 것이다.

이후 아내는 일본에서의 수지상세포 치료와 암 요양 병원에서의 대사 치료와 비타민 C 주사 등에 집중했다. 온열치료는 물론 녹즙 마시기도 열심히 했다. 우리는 200만 원짜리 녹즙기를 사서 일주일에 두 번씩 유기농 야채를 택배로 받아 녹즙을 짜서 마시게 했다. 녹즙 마시기도 청평의 요양 병원에서 열심히 하다가 거기를 나온 뒤에는 이 역시 시들해졌다.

아내가 항암을 중단하고 대사 치료에 집중한다고 했을 때 아내와 가족 간에 이견이 컸다.

"엄마, 그래도 항암을 하면서 뭔가 대책을 찾아야 하지 않아요?"

"항암 주사가 이제 문제를 해결하는 방법이 아니라는 걸 알면서 왜 계속 항암을 하자고 해?"

아내는 이 문제에 대해서만 가족들과 토론하면서 언성을 높였다.

"항암이 답이 아니란 걸 아는데도 항암을 하자는 건 거기다 맡겨 놓고 더 고민하지 않겠다는 것 아니냐."

가족들이 문제의 본질을 해결할 생각 없이 병원에 맡겨놓고 문제에서 도피하고자 한다는 질책이었다. 사실 다른 효과적인 대안이 없는 상태에서 '대사 치료'에 의존하기보단 그래도 병원의 처방에 맡겨놓고 싶은 게 가족들의 생각이기도 했다.

아내는 "암의 뿌리를 뽑기 위해서는 대사 치료, 면역 체계 향상을 해야 한다."라는 말을 믿고 싶어 했다. 믿고 싶어 했다는 것은 그녀도 대사 치료가 말은 화려해도 좋은 결과를 자랑하는 경우를 많이 보지 못했으므로 그러려니 생각하게 됐다.

🌸 언제나 항암 주사가 합리적일 수밖에 없는 상황들

벨로테칸을 중단했을 시점에 300대를 오르내리던 CA125가 몇 달 지나자 900대로 치솟기 시작했다. 신체 활동에는 특별히 문제가 없는데 암 표지자 지표가 900대로 올라가자, 요양 병원의 의사들도 항암을 더 해야 한다고 강권했다.

"대사 치료나 대체 의학은 암의 뿌리를 뽑을 수 있도록 돕지만 암이 무섭게 치고 나올 때는 역시 항암 주사로 위력을 꺾어놓는 것이 필요하다."

대사 치료를 하는 의사들의 의견이었다. 암 표지자의 급상승 그래프가 주는 공포에 주눅 들고, 일견 급한 불은 항암으로 꺼야 한다는 주장도 일리가 있다 싶어 아내는 다시 국립암센터를 찾았다.

집 나갔다 돌아온 환자에게 내민 5차 항암제는 '도세탁셀(Docetaxel)'이었다. 이 역시 화학 항암제였다. 아내는 5사이클을 맞은 뒤 다시 6차 사이클에서 포기했다. 부작용과 컨디션 저하로 두 번째 항암 중단에 이른 것이다.

❋ 새벽에 찾은 응급실, 십이지장 폐색과 수술

6차 사이클을 포기한 지 1주일도 지나지 않아 응급실을 찾아야 할 상황이 왔다.

먹는 것이 갈수록 쉽지 않아져 갈 때였다. 아내는 이런 것들을 항암 부작용으로 여겼다. 뭔가를 먹을 때마다 먹고 나서는 등허리를 쓸어주어야만 했다. 먹는 것이 소화가 잘 안되는 것 외에는 나름 컨디션이 크게 나쁘지는 않았다.

그러던 어느 날 저녁에는 몇 번이나 화장실을 들락거리면서 토했다. 그전에도 토할 때가 있었지만 한번 토하고 나면 괜찮아지곤 했는데 이번에는 느낌이 많이 달랐다.

암센터에서의 항암을 중단하고 지방 대학 병원 문을 두드리고 있을 때라 암센터를 다시 찾는 게 편하지 않은 마음이었지만 뭔가 외과적 처치가 필요한 상황을 지방까지 가져갈 수는 없었다.

새벽녘에 암센터 응급실을 찾았다. 투병을 5년 넘게 했지만, 항암 주사 등으로 인한 응급 상황을 겪어 보지 않아서 응급실행은 처음이었다. 차트를 본 응급실 측이 박상윤 교수에게 연락해 우리는 다시 그의 관리를 받게 됐다.

검사 끝에 십이지장 내부를 암세포가 점령해 음식물이 위에서 대장으로 넘어가지 않는 것이 문제였음을 알게 되었다. 지금껏 소화가 잘되지 않고 등과 허리 쪽을 쓸어주어야 했던 것도 십이지장 쪽의 문제 탓이었던 셈이다.

궁금증이 풀린 것은 좋았으나 복막에 전이 된 암세포들이 이제 본격적으로 인체에 영향을 끼치기 시작했다는 점은 정말 좋지 않았다. 막연히 몸에 암이 있던 단계에서 암이 몸의 생명줄을 하나씩 끊어가기 시작하는 2단계로 진입한다는 뜻이었다.

다행히 이번 건은 십이지장에 스텐트를 삽입하면 급한 불은 끌 수 있을 것이란 소견이었다. 다른 외과의 협진을 받아 스텐트 삽입도 성공적으로 이루어졌다.

"스텐트로 우선 급한 조치는 했습니다. 그러나 다른 장 내부도 어떤지 알 수 없습니다."

스텐트를 했지만, 소장이나 대장 쪽 어디라도 이번처럼 막힐 수 있고, 이미 막혀 있을 수도 있으니 안심하지 말라는 것이었다.

박 교수는 환자나 가족들을 다루는 것도 수술하는 것처럼 직진형이었다. 여러 곳의 병원을 7년간 다니는 동안 환자의 입장에서 예후를 설명하고 환자의 마음을 헤아리려는 의료진을 만나기는 쉽지 않았다. 하루에도 백 명이 넘는 환자를 치료하는 대형병원 의사의 입장에서 그런 요구는 너무 무리한 것일지도 몰랐다. 그래도 환자는 여전히 하나의 생명만을 갖고 있고, 그들에게 그들의 몸 하나는 우주 전체라는 사실은 변하지 않았다.

다행히 다른 대장과 소장부분의 막힘은 없었는지 토하지도 않고 소화 기관들의 순환도 다시 이뤄졌다.

❀ 장폐색을 막기 위해서라도 항암 주사를, 항암 주사의 딜레마

아내는 이후 생을 마감하는 날까지도 장이 완전히 막혀 음식을 토하거나 물도 못 마시는 일들은 겪진 않았다. 대신에 조금씩 소화가 어려워졌고, 음식물을 섭취하고 나서 편해지기 위해서는 등과 허리를 쓸어야 하는 시간이 점점 더 늘어갔다. 아마도 완전한 장폐색이 일어나지 않았을 뿐 장 내부 여러 곳에서 암세포가 계속 자라서 소화를 방해했기 때문으로 보였다.

복막에 전이가 이뤄져도 아내처럼 마지막까지 완전한 장폐색은 일어나지 않기도 하지만 1년 넘게 물 한 모금도 못 마시는 경우도 있다고 한다. 대학 친구의 아내는 장폐색으로 순전히 링겔과 영양주사제로만 1년을 버텨야 했다. 물은 입술에만 축이거나 입을 헹구는 것으로만 끝내야 했다. 삶의 질은 극한 상태였을 것이다.

아내는 장이 막히지 않도록 하기 위해서라도 항암을 해야만 했다. 구체적인 항암 목적이 또 생긴 것이다. 이런 식으로, 항암을 해야만 더 고통스러운 단계가 앞당겨지지 않는 상황이 차례로 펼쳐졌다. 처음부터 아예 수술이나 항암을 하지 않았으면 모를까 중간에 항암을 중단한다는 것은 암에 걸려보지 않은 사람들의 '훈수'일 뿐이라는 생각이었다.

❀ '존버', 항암 주사로 버티다 보면 좋은 약이 나오겠지요

항암이 오래되면 환자들은 그 항암 주사가 자신을 낫게 하지 않고 연명용인 것을 결국 알게 된다. 또한 항암이 고통스럽고, 결국은 몸을 더욱 피폐하게 만든다는 것도 모르지 않았다.

그러나 환자들은 대신에 이렇게 연명하다 보면 좋은 신약이 나오지 않을까 하는 기대가 있었다. 환자들은 좋은 신약이 나올 때까지 버티면 승산이 있다고 생각했고 이를 '존버'라고 했다. 무슨 일이 있어도 버틴다는 걸 속어로 부르는 것이었다. 이처럼 환자들의 항암에는 장기적으로 '존버'의 목표가 있었다.

암이 막바지 단계였던 2021년 5~7월에도 아내에게 '존버'란 목표가 있었는지는 잘 모르겠다. 내가 "이렇게 버티다 보면 좋은 일이 있지 않겠냐."고 하면 그때는 그냥 희미하게 웃기만 했다. 그전에는 "희망 고문 아니겠어?" 하면서도 서로 그런 문제에 이야기를 나누었다. 나름 '존버'에도 기대는 마음이 있었기 때문일 것이다.

'존버'는 없었을지라도 마지막까지도 아내에겐 항암의 단기적 목표는 구체적으로 있었다.

"흉수 배액관만 뺄 수 있으면 그래도 살만할 것 같아."

아내는 다행스럽게 암으로 인한 통증은 겪지 않았었다. 때문에 거추장스럽고 잠자는 자세를 잡기 어려운 흉수 배액관이 가장 삶의 질을 떨어뜨리는 요소였다. 당연히 아내는 희망대로 배액관을 뺄 수 있었으면 여한이 없어 했다. 그러자면 암의 크기를 줄여야 했다. 마지막까지 항암을 했던 또 하나의 이유였다.

항암이 삶의 질을 떨어뜨린다고 하지만 항암을 해야만 삶의 질을 더 나쁘게 가져가지 않는 딜레마 속에 아내는 결국 항암을 택하게 됐다. 다른 환자들도 마찬가지 그 길을 걸어왔을 것이고 걷게 될 것이었다.

6. 말기 암 환자의 면역항암제를 찾아서

화학 항암제가 한계에 달했을 때 우리는 당연히 '면역항암제'란 것에 기대를 걸게 됐다. 면역항암제는 면역 체계를 움직여 암을 치료한다. 정상 세포를 건드리는 화학약품을 쓰지 않으므로 부작용이 거의 없다고 했다.

면역항암제는 2015년 지미 카터 전 미국 대통령이 면역 치료제 '키트루다(Keytruda)'를 맞은 지 3개월 만에 머리로까지 전이된 흑색종이 없어졌다고 밝혀 암 환우들 사이에 새로운 희망으로 떠오른 3세대 항암제였다. 면역치료는 적응만 잘 되면 내성 없이 항구적인 효과를 볼 수 있다고 했다. 그러니 암 환우들이 가진 기대는 1·2세대 항암제의 그것과는 차원이 달랐다.

이 꿈의 항암제는 그러나 아직 적응증이 확인된 암의 종류가 많지 않았다. 적응증이 있는 경우에도 20% 정도의 환자에게만 효과가 나타난 경우도 있다고 했다. 꿈의 항암제이긴 해도 복권 같은 행운이 따라야 하는 것이 문제였다. 우리나라의 경우 의료보험이 적용되는 면역항암제가 2020년까지도 없었다. 그러나 실손 보험이 있는 우리의 경우 처방만 받으면 약값은 보험사에서 해결해 줄 것이었다.

🌸 처방받기 어려운 면역항암제

5차 항암인 도세탁셀(Docetaxel)을 맞으면서 국립암센터 측에 면역항암제를 맞으면 안 되겠냐고 간청했다. 진료실에서 의사가 갖는 압도적인 갑의 위상을 고려한다면 화학 항암제를 처방하는 의사에게 면역항암제를 처방해달라는 것은 요청이 아닌 간청이다.

병원의 대답은 "어렵다."였다. 일단 도세탁셀을 6사이클을 모두 맞은 뒤 결과를 보고 면역항암제의 처방 여부를 검토하자고 했다. 도세탁셀은 아내 입장에서는 면역항암제를 처방받기 위한 바둑판의 사석이었다.

아내의 마음이 그래서 그런지 도세탁셀로 몇 사이클이 돈 뒤 찍은 CT상에서는 '조금 줄었다'(Grossly, mildly decreased)는 정도의 반응을 나타냈다. CA125도 줄기는 했어도 예전처럼 한 사이클에 절반씩 줄어드는 대신 5분의 1이나 10분의 1밖에 줄지 않았다. 앞 해 연말에 920이던 것이 2020년 4월 검사에서는 837 이런 식이었다.

4~5사이클이 지난 뒤 아내는 이런 정도의 약효면 사실상 없는 것이나 마찬가지라는 판단을 내렸다. 약효가 없다고 판단되자 부작용을 견디기도 더욱 힘들어졌다.

"힘들어서 더 이상 못 맞겠으니, 면역항암제를 처방해 주시면 안 될까요?"

"남은 사이클을 다 채운 뒤 봅시다."

병원 측이 왜 면역항암제를 처방해 줄 수 없는지 설명을 해주었으면 좋았겠지만 그러질 못했다. 면역항암이 무의미하다고 병원이 판단했을 수도 있고, 아니면 면역항암을 처방하기 위해서는 좀 더 의료진의 '수고'가 필요한 작업이 있어서 그랬을 수도 있을 것이다. 이를테면 표준 의료 지침과 다르게 처방하려면 여러 가지 선제적인 문서 작업 등이 필요하다는 것을 나중에 알게 됐다.

아니라면 의사의 양심상 약값 대비 효과가 적은 걸 처방하기 싫어서였을 수도 있다. 면역항암제를 처방하면 한 사이클당 환자 부담이 400~500만 원은 됐다.

국립암센터는 '국립'답게 병원 수입에 연연하지 않고 '매우 원칙적인 처방'을 고수하는 듯했다. 과학자들로서, 특히 민간 부분의 모범이 되어야 할 국립암센터로서는 매우 바람직한 자세이고 칭찬받아야 할 처방 태도일 것이다.

그러나 환자 입장에서는 지푸라기라도 잡아야 한다. 병원에서는 확률이 낮아 처방해 줄 수 없어도 환자 입장에서는 자기는 해당할 수도 있으므로 해봐야 한다. 국가 차원에서는 전체적인 국민의료 부담 대비 효과가 낮은 처방은 못 하게 하는 것이 맞지만, 개인 입장에서는 "내 돈으로 하는데 국가가 왜 그런 것도 못 하게 하나!"라고 아우성치게 된다.

암센터에서 원칙적인 태도를 지키고 환자들도 이를 따라서 전체적인 의료생태계가 더욱 건강해지는 것이 맞을 수도 있다. 그러나 환자 개인 입장에서는 원칙론을 펴는 곳을 피해 다른 대체 수단이 없는가를 알아보기 마련이다.

암 치료시장은 생명을 놓고 흥정하는 곳이어서 어느 분야보다 제2, 제3의 시장이 발달해 있었고, 환자들은 다양한 대체 수단을 찾으려 했다.

❀ 면역항암제 찾아 지방으로

암 요양 병원은 암 환자들이 모여 한 곳에서 식사하고, 한 교실에 모여 여러 가지 보조 운동과 교육을 받는다. 때문에 하나하나가 격리 상태인 종합병원의 암 병동과 달리 암 요양 병원은 하나의 치료 공동체이면서 생활 공동체이고, 암 관련 정보의 가장 큰 유통시장이었다. 당연히 면역항암제를 어디 가면 처방 받을 수 있는지 리스트가 있고 평판까지 함께 따라다녔다.

우리는 당초 경기도의 한 종합병원을 찾아 화학 항암제가 한계에 달한 환자가 받을 수 있는 처방에 대해 상담해 보았다. 젊은 여자 의사는 여러 가지 케이스의 처방을 설명해 주었다. 대부분의 처방은 서울의 메이저 병원에서는 하지 않는 것들이고, 모두 의료보험이 되지 않는 환자 부담이었다. 병원 전체에서 받는 느낌이 "돈 좀 써보실래요?"하는 것 같아서 두 번은 가지 않았다.

당시에는 서울의 초대형 병원 한곳에서도 면역항암제를 더러 처방하는 것으로 들었다. 그러나 난소암이 해당하는지도 확실치 않은 상태에서 초대형 병원의 복잡한 시스템의 신입생 '을'이 되어 겪어야 할 낯섦과 방황이 싫어 다른 대안을 찾기로 했다.

우리가 다시 선택한 병원은 대전의 한 대학 병원이었다. 암 요양 병원 부근이나 암 카페들에는 이런 문제를 상담하는 사람도 있었다. 이중에는 또 '친절하게도' 필요한 병원까지 소개하고 연결해 주는 사람도 있었다. 이들은 대체로 가족들의 간병을 하다 약간의 전문지식을 갖추게 돼 이런 활동을 하고 있었다.

대전의 대학 병원은 이런 사람 중의 한 사람이 소개해 알게 된 병원이었는데 꽤 많은 환자들이 같은 사람의 소개를 통해 그 병원을 오가고 있었다. 혈액종양내과 전문의를 전담의로 정해서 면역항암을 받아보기로 했다.

2020년 6월부터 지방 대학 병원에서 만난 C 교수는 적극적이고 밝은 스타일이었다. 국립암센터의 박상윤 교수가 원칙론자 같은 의사라면, C 교수는 처방에도 환자에게 맞춤형을 해줄 수 있어 보였다. 두 사람 사이에는 성격에 큰 차이가 있어 보였다.

그러나 박 교수가 수술 전문인 데 비해 C 교수가 내과 전문의란 점, 업무 부담이 서로 다르다는 점이 이런 차이를 만들 것 같았다. 암센터에는 초기 수술환자부터 오지만 지방 대학 병원에는 표준치료가 한계에 달한 환자들이 찾는다는 점도 이런 차이를 당연히 만들 것으로 보였다.

❋ 옵디보, 이뮨셀, 여보이

C 교수는 처음에 먹는 표적치료제인 '제줄라(Zejula)'를 처방하면서 주사제로 대표적인 면역항암제 '옵디보(Opdivo)'를 사용했다. 제줄라는 난소암 환자의 유지 요법으로 주로 사용되는 약이었다. 역시 면역항암제인 이뮨셀(Immuncell)과 여보이(Yervoy)는 교차로 처방을 냈다.

이곳에서의 치료도 처음부터 순탄치 않았다. 하루에 두 알을 먹게 돼 있는 제줄라를 아내는 제대로 복용하지 못했다. 십이지장 스텐트 등 소화기 내부의 문제로 제줄라를 소화해 내지 못하고 복통을 호소했다. 부작용은 표적치료제이긴 해도 다른 화학 항암제와 비슷한 수준이라 했다.

제줄라를 복용하지 못하는 상태에서 옵디보 등을 주사했는데 결과가 신통치 않았다. 세달이 지나 찍은 CT는 간에 1.5㎝의 암이 보이고, 복막이 두꺼워졌으며 복막 내 전이가 늘었다고 했다. 이 병원으로 오기 전에 1,700선이었던 CA125도 3,763으로 올라갔다.

C 교수는 처방 교과서를 펴놓고 이번에는 옵디보에 더해 재발성 전이 난소암에 쓰여온 화학 항암제 토포칸(Topocan)과 표적치료제 아바스틴을 함께 써보자고 했다. 이들 세조합의 병용이 나름 효과를 보는 듯했다. 이들 조합의 처방으로 3~4달간 CA125가 2,000대를 유지하고 있었다.

우리는 아침 6시쯤 분당 집을 나서 8시 대에 병원에 도착해 채혈하고 9시에 진료, 이어서 항암의 순서로 일정을 이어갔다. 이런 스케줄을 2주에 한 번씩 소화했는데, 아내는 조수석에 앉아 글로브박스 위에 다리를 올려 부기로 인한 다리의 무거운 느낌을 풀어내려 했다.

아내가 떠난 뒤에도 나 혼자 고속도로를 달릴 때면 글로브박스 위에 아내가 다리를 올리고 있는 듯한 착각에 빠질 만큼 익숙한 풍경이 한동안 이어졌다.

✿ 여전히 기적은 일어나지 않았다

그러나 그것도 잠시 면역항암제와 독성항암제의 병용 처방도 우리에게 기적을 주진 않았다. 2021년 1월 4일에 찍은 CT에서 판독의는 "복막을 제외한 전반적인 악화가 관찰된다."라고 적었다.

C 교수는 그럼에도 "다른 대안을 찾기 어렵다."고 말했다. 환자가

독성 항암을 할 수 없는 컨디션을 가진 상태에서 독성항암제를 추가로 처방할 수 없으니, 대안이 없다는 것이었다. 처방을 그대로 유지해 보자고 했다.

그러나 3월 들어 상황은 더욱 나빠져 4,000대를 머무르던 CA125는 5,000보다 크다는 표시로 >5,000이라고 찍혀 나왔다. CT 검사 결과는 "흉수가 많이 차 있고 유방과 심장, 횡격막, 복강과 간, 신장, 위 등에도 광범위한 암세포들이 발견된다."라고 했다.

C 교수도 독성이 있는 토포칸과 아바스틴을 처방에서 빼 버렸다. 다시 부작용이 적은 옵디보와 여보이로 돌아가자고 했다.

7. 아, 오레고보맙…

면역항암제를 찾아 대전을 오르내릴 때인 2020년 상반기에 뉴스 하나가 눈에 띄었다. 자동차 부품을 생산하는 D 산업에서 난소암 신약 '오레고보맙(Oregovomab)'을 가진 외국 회사를 인수해서 3상 임 상을 한다는 뉴스였다.

기사에 따르면 면역항암제인 오레고보맙은 대부분의 난소암 세포 에서 발견되는 CA125 항원에 결합한다고 했다. 말하자면 난소암 표 지자인 CA125 항원에 특별히 잘 반응하는 면역항암제란 뜻이었다.

오레고보맙의 임상2상은 2012년부터 난소암 환자에게 표준인 카 보플라틴(Carboplatin)과 파클리탁셀(Paclitaxel) 콤비 요법에 오레고보맙 을 추가로 주입해 42개월의 추적 연구로 수행됐다고 했다. 그 결과 무진행 생존 기간이 기존 화학 치료요법의 12.2개월 대비 41.8개월 로 탁월한 결과가 도출됐으며, 더군다나 부가적인 독성 없이 사망 확률은 50% 이상 감소했다고 했다.

무진행이란 말 그대로 암의 진행이 멈춘 상태가 지속되는 것을 말한다. 2상 임상에서 기존 약으로는 1차 치료에서 1년여 만에 재 발하던 것을 4년 가까이 재발을 막았다는 것은 정말 어마어마한 것 이었다.

흔히 신약이란 것이 6개월이나 1년만 무진행 기간을 늘려도 의미 있는 것이라고 한다. 그런데 이를 4배 가까이 무진행을 늘리다니 新藥이 아니라 神藥이라 할만했다.

✳ CA125에 민감한 아내를 위한 엄청난 약

아내는 무진행 기간이 크게 늘었다는 것보다도 오레고보맙이 CA125에 특별히 잘 반응하는 면역항암제란 점에서 '자신을 위한 약'이라며 특히 고무됐다. 암 카페에 나오는 이야기나 요양 병원 등에서 만난 암 환우들과 비교해 아내의 암세포들은 어쩐 일인지 특별히 CA125에 민감했다.

어떤 환자는 암세포가 많이 있어도 표지자가 정상범위인 35 안에 들어있거나 반대로 암세포가 CT에 나오지 않을 경우에도 표지자만 100을 넘어가는 경우가 있다고 했다. 의사들이 표지자에 의미를 크게 두지 않고 CT 결과만 믿는 이유도 이처럼 CA125가 CT 결과와 정확하게 상관하거나 비례하지 않기 때문이라고 했다.

그러나 아내의 경우는 CT상의 결과와 표지자의 수치가 거의 똑같이 움직이는 경우였다. CT에 나타나기 전에도 암세포의 성쇠는 사전에 암 표지자를 통해 그 방향을 우리에게 정확하게 알리고 있어서 CT를 따로 찍을 필요가 없을 정도였다. 그런 아내 암세포의 특성상 CA125 항원에 잘 반응하는 오레고보맙이면 당연히 자신에겐 탁월한 효과가 있을 것이란 기대였다.

마침 그 기사를 쓴 서울경제TV의 기자와는 연결 연결하면 알 수 있는 사이였다.

❀ 치료를 위한 연구 임상 약속을 받고

기사를 쓴 기자의 소개를 받아 회사 관계자들을 만나 우리가 이 약의 임상에 참여할 방법을 물어보았다.

그러나 회사가 추진하려는 임상3상에 우리의 경우는 해당하지 않았다. 3상은 난소암 초진 환자, 1차 치료를 대상으로 했다. 2상도 하나 추진하고 있었는데 이 역시 난소암 1차 재발 환자를 대상으로 한다고 했다. 우리는 이미 1차 재발, 2차 재발이어서 해당 사항이 없었다.

회사 측은 우리의 딱한 사정과 회사의 시장 확대 일환으로 재재발 환자를 대상으로 하는 연구 임상을 해보겠다고 약속했다. 어차피 대규모 임상을 하는 만큼 교수 한 사람이 몇 명 또는 몇십 명의 환자를 대상으로 하는 연구 임상 하나 정도 더 한다고 해서 회사 측이 크게 부담스러운 것은 아닌 듯했다.

난소암은 무엇보다 재발률이 85%에 이르러 초진 환자만 많은 게 아니라 재발, 재재발도 비슷한 규모였다. 신약의 시장을 확장하려면 어차피 재재발 환자도 임상 준비를 해야 할 성싶었다. 어느 구름에 비 올지 모른다는 속담이 잘 통하는 곳이 신약 시장이기도 하다.

아내가 면역항암을 하고 있던 C 교수에게 상의했더니 자기가 연구 임상을 제약회사와 연결해 주관해 보겠다는 의욕을 보였다. 면역항암제는 잘 들면 면역시스템에 항구적인 영향을 준다. 때문에 비록 말기 암 상태이긴 하지만 초진이나 재발 환자에게 잘 드는 약이라면 우리도 기대해 볼 가치가 충분한 일이었다. 약이 들기만 한다면 말기 암이라도 약의 기전 상으로는 완치도 기대해 볼 수 있는 것이었다. 우리는 어려움 속에서도 '존버'한 것이 이제사 보상을 받는가 보다며 모처럼 기대치를 한층 높였다.

❋ 늦어지는 연구 임상

그러나 오레고보맙 임상은 우리를 희망 고문만 하고 말았다. 기다려도 말기난소암을 위한 연구 임상은 승인을 받지 못하고 아내의 골든 타임은 지나가 버렸다. 세 가지 이유가 겹치고 얽힌 결과였다.

하나는 약의 개발권자이자 소유자인 사람이 외국인이어서 연구 임상을 위한 조건 등을 협의하는 데 시간이 너무 많이 걸려버렸다고 했다. 약 자체가 국내에 있지 않고 해외에 있어서 약의 개발권자이자 소유권자와의 협의가 무엇보다 중요한 전제였는데 우리 마음과는 달리 이 작업이 느리게 느리게 진행됐다.

두 번째는 오레고보맙을 인수한 회사가 재무처리 과정에서 오레고보맙의 재산 가치에 대해 회계법인의 승인을 받지 못하는 대변고를 겪었다. 코스닥에 상장된 회사의 주식이 '거래정지'되어 버린 것이다.

첫 번째와 두 번째 이유가 겹치는 바람에 이 회사의 메인 임상인 3상과 2상 임상도 예정보다 늘어져서 2021년 중반에야 겨우 시작할 수 있었다.

세 번째는 보건복지부의 연구 임상실험 승인을 얻는 과정에서 외부 요인과 상관 없이 시간이 너무 오래 걸려버렸다. CA125가 5,000을 넘나드는데 우리의 마지막 희망이었던 연구 임상은 세월아 네월아 하고 있었던 셈이다.

이런 세 가지 이유가 복합적으로 작용하면서 2020년에 시작한 연구 임상 승인 작업이 2021년 7월에도 승인받지 못한 상태였다. 우리는 환자일 뿐이어서 연구 임상 주관 교수나 회사를 자꾸 채근하기도 어려웠다.

✿ 너무 늦게 시작된 연구 임상

지나치게 시간이 오래 걸린다 싶어 확인하자, 서류 미비 등으로 최소한 몇 달 안에는 승인이 나기 어렵다고 했다. 나는 이 소식도 아내에게 바로 전하지 못했다. 5월에 들은 이 소식을 아내에겐 7월 말에 어쩔 수 없이 전했다. 아내는 그 이야기를 듣고는 임상 참여에 대한 기대를 거두고 말았다.

그때 아내는 고려대 안암병원에 1달간 입원을 한 끝에 9차 항암을 진행 중이었는데 몸이 많이 나빠져 화장실 가는 것 정도 빼고는 휠체어로 움직여야 하는 단계에 이르고 있었다.

우리에게 약을 투여할 수 있는 연구 임상이 진척되지 못하고 있는 동안 초진 환자를 대상으로 한 3상은 2021년 들어 국내 여섯 개종합병원을 포함해 국내외에서 광범위한 임상에 들어갔다. 아산중앙병원 등 두 곳에서 하는 재발 환자용 임상2상도 약물 투여에 들어갔다고 들었다.

회사는 거래정지로 어려움을 겪고 이를 돌파할 방안으로 회사를 3개로 쪼개고 대표이사를 새로 영입하는 등 거래를 재개하기 위해 고군분투하고 있었다. 그래도 2상과 3상에 대한 투자는 이미 자금이 확보돼 차질 없이 진행되는 모양이었다.

오레고보맙은 2020년 이후 난소암 환자에게는 이름 그대로 '신의 약'으로 떠오른 상태였다.

환자들은 신약 임상 소식을 접하면서 관련 회사의 주식도 많이 뛸 것이라고 예상했다. 형편이 되는 환우나 그 가족들은 주식 매집에 나서기도 한 것으로 들었다. 나중에 회계법인의 승인 거부를 전후하여 주가는 3분의 1로 폭락하고 거래정지로 거래 자체가 불가능해져 버렸다.

난소암 환우들은 회사의 주식거래 정지가 3상 임상이나 재발 환자를 위한 2상 임상 불발, 오레고보맙의 폐기로 이어질까봐 단체시위를 벌이기도 하고 청와대에 청원도 올리는 열성을 보였다. 그러나 주식투자는 새드엔딩이었다. 그만큼 오레고보맙에 대한 환자들의 기대가 컸다는 반증이었다.

아내의 사망으로 나는 오레고보맙의 난소암 말기 환자를 대상으로 한 연구 임상이 승인받아 진행되고 있는지 어떤지 관심을 놓아버려 알지 못했었다.

그러다가 난소암 말기 환자 5명을 대상으로 한 C 교수의 연구 임상은 아내가 세상을 떠나고도 1년이 더 지나서야 시작되었다는 뉴스를 읽었다. 처음에는 1명을 제외한 4명이 오레고보맙을 주사 맞고 일상생활을 영위한다는 뉴스가 뒤따랐던 것 같은데 그 뒤에는 관련 뉴스를 보지 못했던 듯싶다.

그러다가 2024년 1월에 3상 임상이었던 1차 치료에서의 효과가 눈에 띄지 않는다며 임상 중단을 권고받았다는 뉴스가 요란하게 떴다. 당연히 주가는 연달아 하한가를 기록했다. 다만 면역항암제의 특성상 효과가 있다고 나온 경우는 지속성이 더 오래갈 수 있으므로 추적관찰이 필요하다는 의견이 부기(附記)되었다고 한다.

재발, 재재발 임상에 대한 결과는 아직 공표되지 않았다. 아내는 혜택을 보지 못했지만, 재발 재재발 말기 환자에 대한 효과만은 있어서 많은 환우들을 도와주었으면 좋겠다.

3부
나의 반쪽 그대여, 안녕…

여인, Mixed media on canvas, 80cmX70cm, 2012

1. 마지막 봄…가지 못한 광역학 치료

면역항암제까지 효능을 다해가던 2020년 겨울은 결과적으로 가족들의 마지막 추억 쌓기가 됐다. 다음 겨울을 기약하기 어렵다는 것을 가족들은 느끼고 있었다.

CA125가 5,000을 오르내리면서 먹는 것이 한층 더 시원찮아졌다. 음식을 먹고 나면 먹은 시간보다 더 많은 시간 동안 등과 어깨를 쓸어야 했다. 산책하고 움직이는 데 지장은 없었지만, 아내의 몸은 많이 야위어져 있었다.

❋ 마지막 겨울, 손자와의 눈싸움

그해 겨울은 여느 해보다 눈이 많았다. 막 8살로 초등학교 입학 학령이 된 큰손자는 눈만 내리면 옆 동에 사는 할아버지 할머니를 찾았다(그때는 아들 가족이 아파트 옆 동에 살았다).

아내는 전기담요 위에 누웠다가도 손자가 손짓하면 달려 나가 눈사람을 만들었다. 아파트 단지와 산책로를 오가면서 주고받은 손자와 눈싸움을 열심히 했었다. 손자와 할머니의 눈싸움에서 나의 역할은 눈을 뭉쳐 두 사람에게 공평하게 공급하는 일이었다(그가 떠난 뒤 그해 겨울, 큰 눈이 왔던 12월 중순에 나는 눈을 뭉쳐 안방 그녀의 사진 앞에 놓아두었다).

아내는 설날을 맞아 시어머니가 혼자 계시던 고향 집엘 들러보고 간 김에 부산 구경도 하고 오자는 나와 큰아들의 제의도 흔쾌히 수락했다.

구순의 어머니는 짓물러진 눈가에 눈물을 그렁그렁 매단 채 큰 며느리를 맞았다. 그녀는 며느리의 손등을 말없이 쓰다듬기만 했다. 어머니는 키가 크고 사회성이 좋은 종부 며느리를 늘 마음에 들어 하셨다.

"집안의 자랑이 떠났다."

아내가 세상을 떠났을 때 어머니는 오래 울었다고 한다. 어머니는 그 겨울 힘든 몸을 이끌고 자신을 찾아준 며느리에게 많이 고마워했다. 그런 시어머니에게 며느리는 미안해했다. 아들은 어머니와의 마지막이 된 가족 여행을 해운대에서 2박 하는 것으로 기획했다.

그 겨울에 우리는 탄천변에서 열심히 자전거를 타기도 했다. 마냥 산책만 하는 것보다는 자전거를 타는 것이 그래도 덜 지루했다. 분당 서울대병원 앞에서 중앙공원 입구까지가 우리가 즐겨 찾은 코스였다. 아내는 기우뚱거리면서도 곧잘 자전거를 타고 왕복 20여 리를 넘게 다녔다.

✾ 자목련꽃 속에서 부끄럽게 웃는 아내

분당의 아파트 사이에 둔 산책로들은 아파트들을 실핏줄처럼 감아도는 최고의 공원들이었다. 다른 곳에서 살다 온 사람들은 탄성을 지르곤 한다. 탄천 양쪽을 따라 만든 강변공원, 중앙공원과 율동공원을 보태면 '천당 아래 분당'이란 별명이 괜한 소리가 아니란 걸 느끼게 된다. 탄천(炭川)이란 이름은 그 평화로움과 아름다움에 잘 어울리지 않는 이름이다.

신도시는 노태우 대통령(1988-1992)의 대선공약이었으므로 빨라야 1988년에나 설계가 시작되었을 텐데, 그 당시의 국가 문화 수준이나 GDP(국내총생산)에 비추어 보면 어떻게 이처럼 있어 보이는 신도시를 설계할 수 있었는지 놀라울 지경이다.

분당 신도시의 설계자는 외국서 공부한 여성이라고 들었는데 인터넷에서는 찾지 못했다. 그때부터 분야에 따라서는 선진국이 될 만한 인재들을 많이 갖추고 있었던 모양이다.

아내와 나는 천당 같은 이 도시의 산책로들을 오가며 운동하고 시간을 보냈다. 아내로서는 그마저도 절대 고독 속의 몸부림이었겠지만 남은 가족들에겐 아름다운 추억으로 미화되어 남아있다.

탄천변에서는 3월까지 자전거를 탔었다. 아파트 산책로에는 키 낮은 자목련(홍목련)들이 더러 피었는데 아내가 그 옆에 서면 꽃 속에 얼굴을 넣을 수 있었다. 30년 된 도시에 어찌 이런 낮은 목련이 있어 사진을 찍게 하는지 고마워하면서 꽃 속의 얼굴을 핸드폰과 가슴에 담았다. 그때도 그녀의 사진 필은 살아있었다. 평소에는 그러지 않다가도 사진을 찍을 때면 깜찍스럽고 수줍은 표정을 짓곤 했다.

그해 홍목련 속에서, 분당 도서관 뒤 야산 진달래의 외로운 분홍 꽃 속에서 아내는 부끄럽게 웃었다.

2021년 4월에 들어 아내의 상황은 막바지로 가고 있었다. 발병 이래 언제나 놀라운 투병 의지를 보여준 아내였지만, 더 이상 항암제를 찾을 수 없는 최종 말기 암 단계에 이르러서까지 그가 보여주는 투병 의지와 평상심 유지는 존경할만했다. 아이들을 언제나 환한 미소로 만났고 나에게도 적극적인 친구들과의 만남과 골프나 등산 등을 오히려 채근했다.

✿ 독일에 가서 광역학 치료를 받으세요

비타민 C 주사를 맞는 분당의 내과의원에서 만나 알게 된 환우 한 사람이 자신이 아는 사람이 독일에 '광역학(光力學) 치료'를 하러 갔다는 소식을 전하면서 "언니도 독일에 한번 가보는 건 어떠세요?"라고 문자를 보내왔다. 문자를 보내온 환우는 50대 난소암 환자인데 함양의 지리산 기슭에서 월세방을 얻어놓고 다른 환우 한 사람과 같이 투병 중이었다.

독일로 간 환자는 50대 남자로 췌장암 말기라고 했다. 자기가 연결되는 사람은 환자의 부인인데 약사가 직업이고 독일에 보호자로서 환자와 동행하고 있다는 것이었다. 그러면서 독일에 같이 머무르고 있는 에이전트의 전화번호를 알려왔다.

광역학 치료란 간단하게 말해 암세포에 달라붙는 형광물질을 혈액에 주사한 뒤 형광이 암세포에 달라붙으면 레이저를 형광물질에 쏘아 암을 괴사시키는 치료법이었다. 방사선 치료의 표적 치료 개념으로 피부나 피부 근처에 있는 암종에 효과가 있다는 것이었다. 우리는 이미 다른 장기에도 암이 많이 퍼졌지만, 복막에 있는 암이 원발부위인데 복막은 피부 바로 아래 있으므로 효과가 크지 않겠냐는 생각도 들었다.

에이전트는 '치료를 담당하는 B 박사는 광역학의 세계적인 권위자로 독일뿐 아니라 중동에도 출장을 가는 병원이 있어 시간을 잡기가 쉽지 않지만, 자신이 노력해서 원한다면 치료 일정을 잡아줄 수 있을 것'이라고 했다.

에이전트는 대부분의 이런 직업인들이 그렇긴 하지만 매우 친절하면서도 자신이 소개하는 상품에 대해 견강부회하는 인상을 주지 않으려 노력하는 모습이었다. 그러나 동시에 자신의 상품이 고객의 상황을 개선해 줄 가능성이 높다는 점을 잊지 않고 강조하기도 했다. 우리는 에이전트의 요청에 따라 PET와 CT를 보냈는데 그는 이를 의료진과 검토했다면서 답신 문자를 보내왔다.

"원장님이 와서 치료를 받는다면 도움이 될 거라 했습니다. 모든 암이 썩 나으면 좋겠으나 그렇게 되긴 힘들 것이지만 당장 악화되는 상황을 멈추고 긍정적으로 턴하게 하는 중요한 시점을 만들 수 있을 것이라고 했습니다."

그 시점에서 완쾌를 운운하거나 기대하는 환자는 없다. 오히려 그런 표현은 환자들의 의심만 사게 된다. 그런 점에서 '악화되는 상황을 멈추고 긍정적으로 턴하게 하는 중요한 시점을 만들 수 있을 것'이란 말은 인상적이었다. 환자의 기대를 모두 반영하면서도 합리성을 잃지 않는 세련된 수사였다. 아내는 에이전트와 카톡과 전화를 주고받으면서 진료 일정을 상의하고 가족들끼리 상의해 독일로 가보자는 쪽으로 의견을 모아갔다.

환자에게 응급 상황이 발생하면 한국보다 몇 배 불리한 여건을 맞닥뜨려야 하는 것이 문제였다. 그러나 환자와 보호자인 나는 독일로 가는 쪽으로 마음을 굳혔다. 대안이 없기도 했지만, 그래도 세계적인 권위라는데 시간이라도 벌어주지 않겠냐는 기대감이 우리를 끌어당기고 있었다. 독일에서 어려운 상황이 생겨봤자 국내에서 대책 없이 생명을 잃어가는 아내를 지켜보는 것보단 어렵겠냐 했다. 30여 년 전에 모스크바에서 생활했던 경험도 외국에서의 응급 대처에 나름 자신을 갖게 했다.

❀ 동행 예정 환우의 갑작스러운 죽음

우리의 독일행에 또 한 명의 희망자가 나타났다. 청평 요양 병원에서 만난 사이로 3~4년간 언니 동생 하며 지내던 K씨가 이야기를 듣고 자신도 독일에 같이 가겠다고 나선 것이다. 그녀는 집이 우리와 같은 분당이고 육종암[11] 환자였다. 육종암은 진행이 참 빠른 암이었다. 그는 아내보다 상황이 훨씬 좋지 않은 상태였지만 그 역시 생에 대한 강렬한 의지가 있었다.

---

11) 뼈, 연골, 근육, 지방, 신경, 혈관 등의 비상피성 결합조직에서 발생한 종양.

아내는 혼자 가는 것보다 둘이 가면 서로 의지가 되지 않을까 했다. 그쪽은 미혼이어서 독일행이 성사된다면 내가 두 사람을 동시에 맡아서 보호자 역할을 해야 할 상황이었다. 그쪽에 에이전트가 있으니까 어떻게든 될 거라는 생각에 두 사람의 보호자가 되는 것도 받아들이기로 했다.

그러나 독일에서의 두 사람에 대한 치료 스케줄 협의가 구체화하는 상황에서 뜻밖의 사태가 벌어졌다. 복수 배액관을 달고는 있었지만 한 시간씩 산책하곤 하던 K씨가 갑자기 사망해 버린 것이다.

독일의 에이전트가 K씨의 카톡 프로필 배경 사진이 '촛불' 사진으로 바뀌었다면서 변고가 있는 것 같다고 알려왔다. 아내가 K씨에게 전화를 걸자 K씨의 언니는 "아침에 하늘나라로 갔다."라고 전했다. 언니와 함께 살고 있던 K씨는 아침 먹으라고 깨우러 온 조카에게 사망한 채로 발견됐다.

그녀의 죽음은 급작스러웠고 아내에게도 큰 충격을 주었다. K의 상태가 나쁘긴 했지만, 갑작스레 죽는 것을 보면서 여러 가지로 자신의 판단을 다시 한번 점검해 보기 시작했다.

아내는 "K가 소천한 게 맞고요. 어제 아침밥 먹으라고 들어가 보니 그리되었답니다. 충격이에요. 박사님과 상담 중인 제 일정을 상의해 주시고 되는대로 빨리 갈게요."라고 하면서 기죽지 않고 독일행을 재확인했다.

❀ 독일발 부음, 독일 못 갑니다

돌발 상황은 이번에는 독일에서 벌어졌다. 우리의 독일행 시발점이었던 췌장암 환우의 상황이 갑작스레 나빠지고 있다는 소식이 들려왔다. 그곳에서 몇 번 치료를 받아 호전될 것으로 기대했는데 어느 순간 복수가 크게 늘고 몸의 부종이 심해지고 있다고 했다. 췌장암 환우의 보호자는 의료환경이 한국과 너무 다르고 응급조치를 제대로 받을 수 없는 상황에 크게 당황해하고 있었다.

한국의 대학 병원 같은 값싸고 질 좋은 의료서비스는 세계 어디서도 구할 수가 없다고 한다. 우리나라도 더 선진화되면 질 좋은 서비스에는 지금보다 훨씬 큰 대가를 치러야 할 것이다. 어쨌거나 당시 상황에서 한국의 개방적이고 값싼 의료서비스는 우리가 겪어 본 범위 내에서라도 최고라고 불러도 좋을성 싶었다.

췌장암 환우의 병세 악화와 현지 의료여건에 대한 불편한 소식으로 아내와 나는 조금 더 의기소침해졌다. 어떻게든 가보면 도움이 될 것 같던 기대도, 자신감도 손아귀의 모래처럼 빠져나가고 있었다. 며칠 지나지 않아 한국의 자녀들을 독일로 불러 임종하게 하려 한다는 소식에 이어 곧 운명했다는 소식이 들어왔다.

임종을 위해 한국에서 아이들을 불러야 하는 그 상황은 코로나 팬데믹이 아니더라도 충분히 공포스런 것이었다. 하물며 코로나 상황에서야…. 아내는 완전히 기가 죽어버렸다.

"안녕하세요. 박사님의 열정과 성의를 봐서 독일로 가보려 했는데 제 건강 상태나 심리적 요인 등 가기 힘들게 됐습니다. 제가 혹 좀 더 좋아진다면 다시 고려해 보겠지만 이번 일정은 안 가는 걸로 하겠습니다. 고맙습니다."

아내의 독일행 포기 문자에 에이전트는 "쾌차하시길 바라며 광역학 외에 다른 치료들이 있으니 언제든 연락주시기 바란다."라는 문자를 보내왔다. 그것이 4월 24일 상황이었다. 이후 에이전트는 5월 10일쯤 다시 문자를 보내왔다.

"광역학 치료 말고 독일의 하이델베르크 대학 병원 암센터와 중입자 치료를 연계하는 치료 프로그램이 있으니 상담을 받아보시는 건 어떨까요?"

그때 아내는 항암 치료를 받긴 하지만 더 이상 의미가 없다는 생각을 굳힌 때였다. 체력도 독일행을 감내하기가 더 어려워졌다. 그는 에이전트의 문자에 답을 하지 않았다. 그 에이전트도 더 이상 카톡에 문자를 보내지 않았다.

2. 남은 게 없으니 자연인 놀이나 합시다

산다는 것, 70cmX80cm, Acrylic on canvas, 2018

2021년 4월, 우리는 고려대 안암병원으로 적을 옮겼다. 처음 고려대를 떠올린 것은 오레고보맙 신약 임상 참여가 가능한지 알아보기 위해서였다. 임상 주관자인 종양혈액내과 박경화 교수를 찾았으나 역시 '해당 사항 없음'을 다시 확인하는 진료가 되고 말기는 했었다.

당시 고려대 병원 연구소에서는 정부 지원으로 재발한 난소암 환자에 대해 기존 독성항암제와 오레고보맙의 병용 치료 효과에 대한 임상을 주관하고 있었다. 주관은 고려대 연구소였는데도 실제 임상 시행기관은 고려대 병원이 아닌 아산병원과 가톨릭대 병원이었다.

임상 참여 자격이 난소암 첫 재발 환자여서 재재발인 우리는 해당이 되지 않는다는 것을 알고 있었다. 그때는 대전의 대학 병원에서 받은 면역항암이 의미가 없어진 상태였다. 그래도 임상 주관병원인 고려대 병원을 두드려 보면 뭐가 나오지 않겠냐 해서 진료를 받았다.

✿ 재발 난소암 임상도 참여 조건 안 돼

첫 진료에서 만난 박 교수는 이제껏 우리가 만난 어느 의료진보다 친절했다. 그러나 그녀도 우리가 임상 조건에 해당이 되지 않는 걸 바꿔주진 못했다.

우리는 이왕 길을 튼 김에 앞으로의 관리를 고려대 병원에서 받기로 했다. 다시 국립암센터로 돌아가기도, 그렇다고 약발이 떨어진 대전을 두 시간씩 걸려서 또 찾아갈 일은 아니었다.

박 교수는 대전 대학 병원서 처방했던 표적치료제 제줄라를 처방하겠다고 했다. 아내는 지방 대학 병원에서 제줄라를 처방받았었다는 사실을 이야기하지 않았다. 아내는 지난번에 받은 그 약을 부작용 때문에 제대로 소화하지 못했지만, 다시 시도해 보겠다는 의지로 처방을 받았다.

그러나 결과는 마찬가지였다. 두어 번 시도했지만, 그것으로 끝이었다. 병원에는 2주 뒤에 가기로 했으므로 다시 항암 중단 상태가 됐다. 아내는 항암을 중단하자 금방 복수가 차오르는 것이 느껴진다고 했다.

4월 하순께 다시 방문한 고려대 병원에서는 위에서 간으로 영양을 배달하는 관이 파손돼 흉수가 차고 있다고 했다. 흉수가 복강으로 가서 복수가 되고 있다고도 했다. 마침내 흉수를 뽑아내기위해 배액관을 다는 신세가 되었다.

흉수 배액관은 플라스틱 관을 왼쪽 등허리에 꽂아 고무줄 주머니와 연결하는 방식이었다. 등 뒤에 배액관을 꽂았으므로 바로 누울 수가 없는 게 제일 문제였다. 베개를 비스듬히 세워 배액관을 시술한 곳이 바닥에 닿지 않게 하고 불편한 잠을 자야 했다. 세상을 뜰 때까지 이런 불편은 계속됐다. 아내는 이제 자신의 상태가 약으로 개선할 수 없는 단계에 이른 것으로 받아들이고 있었다.

독일로 가보자는 것도 무산된 어느 날이었다. 아내는 무심한 듯 강원도로 가보자고 했다.

"강원도 산에서 딴 자연산 벌꿀 같은 걸 먹으면서 TV 속 자연인처럼 살다 보면 뭐 좀 좋은 일이 생기지 않을까?"

아내는 비구상 미술학도로서 친분이 있던 K 화백의 원주 화실에 가서 며칠 기거하기로 사전 약속을 받았다고 했다. 그 아이디어도 K 화백이 준 듯했다.

❀ 원주에서 목청꿀을 먹다

거기서 벌꿀 같은 걸 구한 뒤에 이번에는 가평 설악면에 있는 친구의 전원주택에 딸린 황토방에서 요양 생활을 한다는 게 아내의 계획이었다. 무심한 듯 말했지만 나름대로 준비와 결심을 한 '자연인 따라 하기'였다.

원주에서 소개받은 심마니는 태백산 고목 안에서 따낸 목청이라며 꿀 네 병을 가져왔다. 심마니는 산에서 뜯었다는 산 두릅과 여러 가지 약재들도 보너스로 가져다주었다. 두릅은 아내가 소화하기 어려운 음식이어서 나 혼자 먹을 수밖에 없었다. 아내는 목청을 한 번에 두어 숟갈씩 퍼서 먹곤 했다. 꿀은 그런대로 소화하는 데에 문제가 없었다.

우리는 꿀을 복용하는 것에 대해 아무도 말하지 않았지만, 그동안 해온 대사 치료에서 가장 금하는 성분 중의 하나가 당분이었다. 꿀은 자연에서 얻은 것이긴 해도 당분 그 자체가 아니던가.

대사 치료에서는 당분이 암세포가 가장 좋아하는 먹이라는 전제하에 여러 가지 당분 섭취를 금한다. 그나마 섭취된 당분도 혈당을 높이지 않도록 천연 혈당 강하제들을 먹도록 권유한다.

음식 섭취가 어려워지고, 항암도 하지 않으면서 아내의 대사 치료에 대한 신념이 많이 흔들린 것으로 보였다. 한편으로는 당분 섭취로 인한 암세포의 영양공급보다 체력 유지가 급선무라는 판단을 했음 직했다. 아내의 예전 신념과는 반하는 행동에 대해 나는 역시 이유를 묻지 않았다. 세세한 이론들로, 그것도 과학적으로 표준의료계에서 받아들이지도 않는 이론들이 지배할 수준을 몸 상태가 넘어섰기 때문이었다.

아내는 3일을 원주에서 지낸 뒤 가평의 황토방으로 옮겨서도 벌꿀은 계속 먹었다. 다른 음식도 조금씩 먹었지만 흉수가 계속 차고 있었고 하루에도 서너 번씩 배액 주머니를 비워야 했다.

✿ 설악의 황토방 마당에 고추와 상추를 심고…

고려대 병원은 요양 병원에서도 열심히 하는 CA125 검사를 해주지 않았다. 환자가 검사 항목에 넣어달라고 하면 넣었겠지만, 병원에서 넣지 않은 항목을 굳이 넣어달라 할 만큼 CA125 수치가 궁금하지도 않았다. 모르는 게 낫다고 하는 심리가 있었을 것이다.

나는 그래도 암 환자에게 왜 표지자 검사를 하지 않는지 그것은 궁금했다. 돈으로 쳐도 1~2만 원이고, 그것만큼 암 진행 상태를 알려주는 지표가 없는데도 말이다. 박 교수가 말기 암 환자에게 괜히 자주 스트레스 받을 일이 뭐 있겠냐 해서 의뢰 항목에서 뺐다면 그건 별개로 고마운 일일 것이었다. 지나고 보면 아무래도 말기 암 환자에게 필요 없다고 생각했던 게 맞는 듯싶었다.

암 환자들은 항암을 하면서도 대부분 '자연인 생활' 같은 걸 해야 한다고 생각하고 있었다. 요양 병원에 가는 것도 그렇고, 큰 산 밑에 가서 월세방을 얻어놓고 항암을 위해서만 한 번씩 병원에 다니는 사람도 많았다. 자연인처럼 살다가 암이 나았다는 이야기는 많은 곳의 전설이다. 표준의학에서 검증하지 않았으니 요행일지도 모르지만, 현실은 그렇다.

아내는 황토방을 사우나 수준으로 데우고 그곳에서 보름 정도를 보냈다. 나는 또 아내를 따라 황토방에 열심히 장작불을 지폈다. 지은 지 한두 달 밖에 되지 않아서인지 하루에도 4~5번쯤 불을 지펴야 아내가 원하는 온기가 유지되는 황토방이었다.

나는 5월 중순에 이르러 철이 지나긴 했지만 여러 가지 채소 모종들을 황토방 앞마당에 심었다. 마당을 삽으로 파서 엎은 뒤 거름과 비료를 겸하는 친환경 퇴비를 조금씩 넣고 고추와 가지 상추 모종을 심었다. 병원을 왔다갔다 하더라도 이곳에서 가능한 한 오래 버텨보자는 생각이었다. 황토방과 천연 꿀, 가평의 맑은 공기가 기껏해야 아내의 자연인 되기의 모두였다.

하지만 그곳에 심은 고추와 가지, 상추 모두 우리가 먹을 복은 없었다.

3. 흉수, 담도 배액관, 항암 7년의 끝

✿ 2~3주 만에 끝난 자연인 되기

자연인이 돼보자는 아내의 계획은 오래가지 못했다.

배액관이 자꾸 말썽을 일으키고 영양 섭취가 어려워져 영양 주사제를 맞지 않으면 안 될 상황이 왔다. 배액관은 보호자들이 집에서 관리하기에는 튼튼하지 못한 부분이 많았다. 어지간한 힘을 가해서는 배액관이 뽑히지 않는다고 했는데 옷을 갈아입는 과정에서 배액관 줄이 뽑혀 나온 일도 있었다. 배액관 주머니가 늘어지지 않도록 치마나 바지에 옷핀으로 고정해 놓기 마련인데, 깜빡해서 이를 분리하지 않고 웃옷을 벗는 과정에서 배액관이 맥없이 뽑혀버렸다. 배액관이 꽂힌 살갗 주변을 2~3일에 한 번씩 드레싱하는 작업도 꽤 신경이 쓰였다.

그보다 스트레스를 주는 것은 어쩌다 배액관이 막혀도 의료진이 아니면 이를 뚫을 방법이 없다는 것이었다. 원주 K 화백 화실에 머무르는 동안에 흉수 배액관이 막혀 흉수가 배출되지 않은 적이 있었다. 아직 병원 갈 날은 많이 남았는데 흉수가 나오지 않아 급한 대로 원주에 있는 세브란스 분원 응급실을 찾을 수밖에 없었다.

응급실의 한 젊은 의사가 친절하게도 주사기로 압력을 가해 막힌 곳을 뚫어주어 문제를 해결할 수 있었다. 그러나 배액관 꽂힌 위치가 뭔가 잘못된 것 같았지만 친절했던 의사도 잘못된 것을 고치는 곳은 반드시 시술한 병원이어야 한다면서 더 이상 자기들이 해줄 수 있는 게 없다고 했다. 환자 입장에서는 참 불편한 의료체계였다.

❀ 항암차 입원한 병원에서 한 달

제줄라를 복용하지 못한 것을 고백받은 안암병원의 박 교수는 6월 초에 '젬시타빈(Gemcitabine)'과 '비놀레빈(Vinorelbine)'을 20% 감량해 처방했다. 부작용이 두려운 환자가 '50% 감량은 어떻겠냐.'고 하소연했지만 '그러면 효과도 없을 것이고 효과 없는 걸 처방할 수는 없다.'라고 하면서 20%만 감량해 보자고 했다.

여러 개의 면역항암제를 여러 차례 교차 또는 병용 처방한 것을 한 번으로 치더라도 항암 순번으로 8번째 항암이었다. 이 약들은 하루 이상 입원을 하면서 주사로 맞아야 했는데 항암하러 입원한 병원에서 담도관(Bile duct) 파열이 벌어져 예정에도 없던 입원을 보름 가까이 해야만 했다.

흉수 배액관에 담도 배액관까지 배액관 두 개를 달게 되면서 아내도 이번에는 많이 의기소침해졌다.

❀ 달라진 몸 보이며 아내는 미안해했다

입원하는 중에 한 번은 곰팡이에, 또 한 번은 박테리아에 감염되는 일이 벌어졌다. 이를 치료하기 위해 우리는 6월 하순부터 7월 하순까지 한 달 넘게 안암병원에 입원해 있었다. 예정에 없던 돌발 상황이었다.

입원해 있는 동안 아내의 컨디션은 조금씩 날이 다르게 무너져 갔다. 젬시타빈 3사이클과 항생제 주사, 부족한 영양공급 등으로 7

월 중순부터는 마침내 화장실 가는 정도 외에는 휠체어를 타야만 했다.

병원에 올 때는 걸어서 입원실로 올라왔는데 한 달 넘는 입원 끝에 퇴원할 때는 휠체어로 주차장까지 이동해야 했다. 아내의 얼굴에는 검은색들이 비치고 몸무게도 50kg 아래로 떨어졌다.

"모델들은 전성기 때도 48킬로밖엔 안 나간다니까 우린 아직도 여유가 있어."

"흉수와 다리 부은 것 빼면 40킬로도 안나가."

객쩍은 농담으로 동문서답을 하기도 했지만, 병세가 막바지로 치닫는 것은 분명했다. 아내의 말대로 가슴과 엉덩이가 많이 홀쭉해졌는데 다리만 예전 비슷한 모습이었다. 아직 본격적으로 부어오르지는 않았지만, 다른 곳은 살이 다 빠졌는데 다리만 예전 모습인 것은 확실히 림프부종 탓일 수밖에 없었다.

아내는 병원의 샤워실 침상서도 커피 관장을 계속했다. 관장이 끝나면 내가 들어가서 샤워하는 것을 도와주었는데 병나기 전의 그것과는 너무 다른 모습을 보여야 했던 아내는 미안해했다.

나는 울기도, 웃으며 위로해 주는 것 어느 것도 마땅치 않아 같이 미안해할 수밖에 없었다.

불안하고 고통스러운 암 병동

병원에 한 달여 있는 동안 옆 병상의 불안하고 고통스러운 신음이 늘 함께했다.

아내는 5인실을 고집했다. 돈도 돈이거니와 1인실이나 2인실은 더 쓸쓸할 것이란 이유에서였다. 밤새도록 그치지 않고 계속되는 막바지에 달한 환자들의 신음은 거슬리고 힘들었다.

"아유, 어떻게 좀 안되나."

"환자인데 어떻게 하겠어. 그러려니 해야지."

아내에게만 들리게 하는 나의 불평에 자기는 별로 신경 안 쓰인다면서 귀마개를 사서 귀를 막아보라고 조언했다. 그러는 그녀에게 1인실이나 2인실로 옮기자고 보챌 수도 없는 노릇이었다.

아내의 그런 태도가 무엇 때문인지는 물어보지 못했지만, 같은 환우끼리의 동병상련을 넘어서는 무언가가 있었을 법했다. 어쩌면 앞으로 자기의 병세가 더 진전되면 어떻게 될 것인가를 미리 학습하려 하는 게 아닐까 짐작이 되기도 해서 더 물어보지 못했다. 그런 것까지도 사전학습을 통해 배워서 자신이 그 단계에 이르렀을 때는 무엇을 준비할지 대비하는 게 그의 성격이었기 때문이었다.

한 달 넘게 입원해 있는 동안 임종을 앞둔 환자와 항암하러 하루 입원을 하러 온 환자들이 가리지 않고 병상들을 채웠다가 비우곤 했다.

30대인 한 젊은 여성 환자는 말기긴 해도 통증이 진통제로 조절이 되는 단계인데도 남편과 가족에 대한 불평을 끊임없이 간병인에게 이야기했다. 우리는 불평을 통해 그녀의 집안 사정을 다 파악할 수 있을 정도였다.

그녀의 남편은 회사 일을 이유로 3~4일에 한 번씩 잠깐씩 들러 10여 분쯤 원망과 욕설을 아무 말 없이 듣고만 있다가 일어서곤 했다. 불평이 많은 사람이어서 가족들이 멀어진 것인지, 가족들이 잘못해서 불평이 생긴 것인지 궁금했다.

우리 침상 바로 옆에 있던 80대 할머니는 암으로 인한 통증보다 변을 보지 못한 데 따른 고통이 문제였다. 할머니는 어쩌다 잠들 때를 제외하고는 끊임없이 고통에 찬 신음을 토했다.

할머니의 보호자는 살집이 많은 40대쯤의 아들이었다. 그는 어머니의 신음과는 상관없이 코를 골면서 잠을 잘 잤다. 다른 환자들에겐 환자의 신음보다 보호자로 있는 아들의 코 고는 소리가 훨씬 참기 힘든 소음이었다.

이 환자는 우리와 보름 넘게 같이 있다가 퇴원했다. 그동안에 이 병실을 거쳐 간 환자가 스무 명도 넘었을 듯한데 아무도 어머니 환자의 신음이나 아들의 코 고는 소리에 항의하는 소리를 듣지 못했다. 무던한 사람들만 그 병실을 거쳐 간 것이 아닌가 싶기도 했고, 같은 환자로서의 연민이 불편보다 더 컸던 게 아닌가 싶기도 했다.

❀ 불손한 대학 병원의 임종실

우리와 맞은편 침상에 있던 60대 여성 환자의 남편은 내 또래였다. 화장실 오가는 길에 만나 인사를 나누다 보니까 커피도 한잔 사다 주고 하는 사이가 되었다. 발병한 지 2년밖에 되지 않았다고 하는데도 환자는 인사불성일 때가 많았다.

며칠 지나지 않아 그녀의 침대가 간호사실 앞의 처치실로 옮겨진 것을 보았다. 아내도 침대 채 옮겨져 그곳에서 이동식 기계로 복부

엑스레이를 찍은 적도 있곤 해서 다른 환자들과 보호자가 있는 걸 봤어도 이름 그대로 '처치실'로 이해했었다. 그런데 평소 보이지 않던 아들과 두어 사람의 다른 가족과 함께 처치실에서 병상을 지키는 모습을 보고 남편에게 무슨 일이냐 했더니 '임종'을 기다린다고 했다.

처치실 출입문은 절반이 유리로 만들어져 복도에서 내부가 훤하게 보였다. 다른 종합병원들도 대부분 간호사실 앞에 처치실이 있고 그곳이 임종실로 쓰인다는 것을 그때 알았다.

환자는 점심 때쯤 처치실로 옮겨졌는데, 저녁 10시에도 다른 가족들은 돌아가고 남편과 아들은 여전히 병상을 지키고 있었다. 구내 마트에서 커피를 한잔 사다 권했더니 남편은 "끝이 잘 안 난다."라며 지친 표정으로 웃었다.

코로나로 코로나 검사증을 제출해야만 병원에 출입할 수 있었는데도 임종 환자의 가족을 위해서 한정된 가족에 한해 처치실 출입을 허용한다고 했다.

처치실의 가족은 다음 날 점심에도 그대로 있으면서 눈이 마주쳐 인사를 했다. 그러다가 오후 네 시쯤 지나갈 때는 휑하니 비어있었다. 꼬박 24시간이 넘게 임종을 기다리고 있었던 셈이다.

암 환자들이 어떻게 끝을 맺는지 거기에 어떻게 대비해야 하는지 답답했었는데 한가지는 멀지 않은 곳에서 지켜본 셈이었다. 다른 곳에서는 처치실이 많지 않은지, 꽤 자주 처치실에 침상의 환자와 임종을 지키는 가족들이 있는 것이 보이곤 했다.

한 사람의 인생을 정리하기에 처치실의 불빛은 너무 밝았고 공손하지 않은 느낌이었다.

4. 곡기를 끊을게, 집에 데려다줘

마음 쓰기 - 공감이 필요해, 70cmX80cm, 아크릴물감, 한지 ,
스테인리스 와이어, 2014

2021년 8월 5일 '이리노테칸(Irinotecan)[12] 2차 항암 주사를 맞기 위한 안암병원의 외래 진료일이 왔다. 여주 요양 병원에서 달려간 우리 앞에 앉은 박 교수는 엑스레이 사진을 보면서 복수가 더 늘었다고 말했다. 그러니 같은 약을 쓰는 것은 의미가 없다고 했다.

"이 약은 더 이상 쓸 수 없어요. 약이 하나 더 있을 수도 있는데 그 약은 신장에 대한 데미지가 있을 수 있어 검사가 선행되어야 하는데, 입원을 해서 검사를 하는 것은 어떨까요?"

아내는 어떤 약인지 묻지 않았다.

"항암을 중단한다고 하면 선생님 의견은 어떠신가요?"

박 교수는 기다렸다는 듯이 답했다.

"그게 좋을 것 같습니다."

✺ 마지막 항암 중단…집에 들르다

이젠 진짜 더 이상의 항암은 없다. 국립암센터에서의 중단, 지방대 병원에서의 면역항암제 중단에 이은 세 번째 병원에서의 중단이다. 표준치료에 이어 면역항암제, 요행을 바라고 하는 항암제까지도 이젠 바닥이 난 것이다. 약도 약일뿐더러 아내의 몸 상태도 항암제를 더 이상 받을 수 없는 상태였다.

앞일이 어떻게 전개될지 알 수 없는 일이어서 굳이 필요한 상태

---

12) 식물성 알칼로이드로 불리는 계열에 속하는 항암제. 직장암 또는 결장암, 위암, 소세포폐암, 비소세포폐암 등에 사용한다(출처 : 서울대학교암병원 홈페이지).

는 아니었지만 온 김에 배액관 드레싱을 해달라고 하고 내친김에 배액관 줄도 교체했다. 그런데 교수 진료 때 해야 했을 연명의료 거부 등록을 하지 않아 뒤늦게 간호사실을 통해 교수 사인을 얻어 등록을 마쳤다. 원래는 부부가 보건소에 가서 동시에 등록할 계획이었는데 예상보다 빨리 항암을 포기하게 되어 나는 등록할 기회를 놓치고 말았다.

이 병원에도 더 올 일은 없을 것이었다. 달고 있는 흉수 배액관이 잘못되거나 응급 상황이 생기면 그럴 수도 있겠지만 그런 이유로 다시 오기에도 여주에 있는 요양 병원과 고려대 안암병원의 거리는 너무 멀었다.

항암을 하지 않을 응급 상황 처치라면 분당 쪽의 병원을 알아보는 것이 더 좋을지도 몰랐다. 아이들은 항암을 하지 않을 바에야 집 근처의 병원을 터야 한다는 이야기를 해온 터였다. 이런 상황에서도 다음 단계에는 어떻게 할 것인지를 따지고 집 근처 같은 편의성부터 따지는 나는 여전히 한심스러운 보호자였다.

아내는 항암을 하지 않아 시간도 있고 하니까 분당 집에 들렀다 가자고 했다. 부축을 받으며 집에 들른 아내는 별다른 표정 없이 안방과 옷장 문을 열어보고는 다시 집을 나섰다.

큰아들 내외와 코로나로 학교에 가지 않는 8살짜리 큰손자와 함께 집 근처 식당에서 산낙지를 넣어 만드는 연포탕을 시켰다. 아내는 국물만 홀짝거리더니 요양 병원에서 먹을 요량으로 보온병에 국물을 채워 나에게 들게 했다. 그는 생애 마지막 주소지와의 이별, 큰아들 가족과의 마지막 점심에도 아무런 표정을 드러내지 않았다.

연포탕 국물은 결국 먹지 않았다.

❋ "조용히 가게 해줘." 어려운 여주의 여름밤

아내는 마침내 햇수로 8년에 걸친 투병 의지를 내려놓고 있었다.
병원에서 여주 요양 병원으로 돌아온 날 저녁 그는 바람 쐬러 나
간 요양원 마당의 휠체어 위에서 자신의 결심을 통보했다.

"음식도 먹지 않고, 영양제 주사도 맞지 않는 곡기 끊기를 할 테
니까 도와줘."

'곡기 끊기'에 대해 우리는 사실 이전에도 여러 차례 이야기를 나
눈 적이 있었다. 누구라도 더 이상 희망이 없을 때는 가능한 한 아
프지 않고 죽는 것이 좋은데 그 방법으로 예전 사람들이 했다는 '곡
기 끊기'가 괜찮고, 존엄사 제도가 없는 우리나라에서 곡기 끊기를
통한 '셀프 존엄사'가 보통 사람들에게 유일한 방법이 아니냐는 것
이었다.

그런 이야기를 나눴을 당시에는 친구들을 만나서도 그런 걸 본
적이 있느냐고 물어보기도 했지만 다들 이야기를 듣거나 책에서 읽
었을 뿐이지 실제 겪어 본 사람은 없었다. 인터넷에서도 곡기 끊기
를 검색해 보면 그런 걸 한다더라 할 뿐이지 어떤 과정과 변화를 거
치는지를 다룬 글은 찾을 수 없었다.

그는 곡기를 끊어서 생을 정리할 수 있도록 거처를 분당 집이나
설악 화실로 옮겨 달라고 했다. 요양 병원에 있으려면 여러 가지 주
사를 맞아야 한다. 병원 운영을 위해서는 환자에게 기대되는 일정

수준의 처치료가 있을 것인데 셀레늄이나 비타민 주사, 영양제 주사까지 거부하면서 요양 병원에 있을 수는 없는 일이었다. 병원 측과 상의해 주사를 맞지 않고도 입원비를 만들어 낼 방법도 못 찾을 것은 아니지만 그런 것조차도 이젠 번거롭고 구차해 보이니 집으로 거처를 옮기자는 것이다.

때마침 같은 요양 병원에 있던 아내의 절친 K도 우리 두 사람의 앞에서 그의 결심을 존중하는 것이 맞다는 의견을 냈다. 운명적이게도 K도 유방암 진단을 받아 수술받고는 관해 상태에서 같은 요양 병원에 있는 중이었다. 여주 요양 병원을 소개한 것도 K였다.

"서윤이 듣기에는 내가 말리지 않아 야속할지도 모르지만 너나 나나 다 성격이 비슷해서 맞는 이야기를 그르다 할 수가 없네요. 더 이상 희망 없이 고생하는 것 보다 본인이 주사와 음식을 거부키로 했으면 편하게 보내는 것이 맞다고 봐요."

아내는 친구의 말에는 대꾸를 하지 않았다. 참 어려운 말들을 주고받은 한여름의 밤이었다.

초저녁 논개구리들의 울음소리가 요란했다.

❀ 들어 줄 수 없는 셀프 존엄사

그러나 나는 두 가지 이유로 반대했다.

하나는 음식이 느리더라도 소화가 되면 배가 고플 것이고 배가 고파지면 음식을 원하게 될 텐데 배고픔만큼 참기 어려운 게 없다고 하지 않는가. 수액이나 영양제도 맞지 않는 상태에서 그런 일이 벌어지면 평화로운 마무리를 짓고자 한 일이 자칫 경착륙 사태로 악화될 수 있을 것이었다. 인터넷에도 안 나오고 친구들도 알지 못하는 이야기로만 있는 그런 방법을 보호자로서는 받아들이기 어려웠다.

두 번째는 1주일 전부터 하는 베이킹 소다 요법이 혹 효과를 볼 수 있으니 열흘 정도만 기다려 보자는 것이었다.

"내려놓는 것은 아무 때나 할 수 있지 않나. 베이킹 소다 요법이 조금이라도 효과가 있으면 거기다가 안암병원 쪽에서 말한 항암제를 다시 한번 맞아 볼 수도 있지 않겠나. 그리해서 또 좀 버티다 보면 오레고보맙을 볼 수도 있을지 모르고…."

막상 하면서도 믿지는 않는… 베이킹 소다 요법이 잘 될 수도 있지 않겠냐는 내 말도 결국은 희망 고문으로 받아들여선지 아내는 별다른 반응을 보이지 않았다.

항암의 고통에 진저리를 칠 때마다 보호자들은 늘 이건 잘 들을 것이니 힘들더라도 참아보자는 이야기를 수도 없이 한다. 그 약이 잘 들을지는 의사도 확신 못 하는 게 항암제의 세계였다. 백인백색, 만인만색, 일반적인 공식이 없는 게 암과의 싸움인데 오직 살리고 살아야 한다는 이데올로기가 과학을 넘어 환자를 희망 고문하고 환자는 그런 줄 알면서 스스로 속기를 원했다.

요양 병원을 나가 집으로 가서 곡기 끊기를 하자는 아내의 바람은 성사되지 않았다. 내가 들었던 이유 때문이 아니라 집으로 갔을 때 단 하루라도 환자가 생활할 수 없는 현실 여건 때문이었다.

우선 침대의 상하가 움직여야 환자가 잠을 청할 수 있는데 그런 병원용 침대가 집에 있을 리 없었다. 침대를 살 수도 있겠지만 아내의 성격상 그게 얼마를 하든 며칠 쓸지도 모르는데 새로 산다는 건 용납되지 않았다.

또 하나는 화장실 변기에서 일어나려면 병원에서처럼 양쪽에 잡고 일어설 수 있는 손잡이가 있어야 하는데 집에 그런 시설은 없었다.

❀ "요양 병원은 비상사태를 감당 못 해요."

그런 이유로 어정쩡한 요양 병원 생활이 며칠 더 이어졌다.

환자의 부종 상태와 희망 사항을 고려해 병원 측은 영양제 주사는 최소한으로만 주고 셀레늄과 비타민 C 주사는 중단하는 '아량'을 베풀었다. 1인실을 차지하고 앉아 최소한의 영양제 주사만 맞겠다는 환자는 병원으로서는 '진상 환자'일 것이다. 있던 환자를 내보내지는 못하는 병원으로서는 울며 겨자 먹기였겠지만 우리로서는 고마운 일이었다.

또 다른 요양 병원을 찾아 흥정과 협상을 하기에는 우리의 신체적 정신적 여유가 바닥이었다.

요양 병원의 아흔 가까운 원장은 환자의 배변 상태를 자주 물었다. 옛날 의사답게 사람은 먹고 배출하는 것이 전부임을 강조하곤 했다.

"복막에 암이 있으면 나중에는 복부가 콘크리트처럼 딱딱해져."

환자는 가스가 잘 빠지지 않는다는 점을 간간이 호소했지만, 의사의 걱정과는 달리 배변에는 크게 불편을 겪지 않고 있었다. 간호

책임자는 언제라도 비상사태가 올 수 있는데 요양 병원은 이를 다룰 능력이 없다고 계속해 강조했다.

다리의 부종 상태가 심각해져 다른 문제를 덮기 시작했다. 이 요양 병원에서는 다리 부종을 다룰 전문인력도 프로그램도 없었다. 다른 한 간호사는 "부종이 심해지면 피부로 물이 배어 나오는 것도 봤다."라며 겁을 주었다.

내가 겁을 먹었으면 환자는 어땠을까. 첫 항암을 생명 연장용이라고 외쳤던 서울대병원의 교수에 이어 두 번째로 간호사가 밉다는 생각이 들었다.

5. 진짜 마지막…켈문 요법

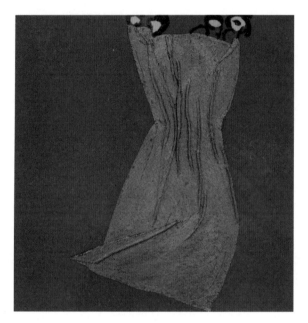

Rhythm Virus III, 60cmX80cm, 2011

아내가 항암을 중단하고도 마지막까지 가져간 것은 들어 들어서 한 '켈문 요법'이었다. 유기농 설탕이나 메이플시럽 3에 베이킹 소다 1을 섞어 하루에 최고 80g까지 마시게 하는 방법이다. 미국의 짐 켈문(Jim Kelmun)이란 박사가 주창했다 해서 '켈문 요법'이라 한다고 했다.

이 '베이킹 소다 요법'의 사연은 이랬다. 짐 박사의 환자 중에 어머니가 유방암으로 사망하고, 그녀의 다섯 딸 중 4명도 유방암으로 사망한 가족이 있었다. 유일하게 한 명만이 아무 문제 없이 생존해 있었는데 역학조사 결과 그녀가 매일 베이킹 소다와 메이플시럽을 복용하고 있었다는 것이다.

짐 박사는 여기에 힌트를 얻어 다른 암 환자들에게도 임상시험 형식으로 이를 복용케 했더니 많은 암 환자들이 완치되는 것을 경험했다고 주장했다.

❀ 옆방 환우 따라 베이킹 소다 먹기

7월 고려대 안암병원에서 한 달이 넘는 입원 생활을 끝내고 돌아왔을 때였다. 요양 병원에 먼저 입원해 있으면서 이곳 입원을 권유했던 아내의 절친 K가 '옆방 환우가 이 요법의 효과를 보고 있다고 한다'라면서 시도해 보자고 권했다.

복도에서 만난 그 환우는 "좋은 것 같아요."라고 하면서 베이킹 소다 요법을 소개한 《암은 낫는다》라는 책을 펴 보여주었다. 환자를 대상으로 얼마나 효과가 있는지를 꼬치꼬치 따지기는 어렵다.

이 역시 한때 요란한 신드롬을 가져왔다가 해프닝으로 끝났던 구충제 요법 비슷한 게 아닌가 싶으면서도 밑져야 본전이다 싶었다.

환우에게서 우선 재료를 조금씩 얻어 20g을 만들어 마시게 했다. 중탕하는 게 좋다고 해서 커피포트에 물이 끓을 때 메이플시럽이 담긴 그릇을 넣고 거기에 베이킹 소다를 넣어 저었다. 어릴 때 설탕을 녹여 무늬 만들기를 하는 것처럼 시럽과 베이킹 소다는 거품을 만들면서 섞였다. 아내는 시럽의 단맛에 베이킹 소다가 녹은 것이어서 먹을만하다고 했다.

직구를 신청하자 이틀 만에 물건들이 도착해 빌린 것도 갚고 본격적으로 40, 60g 순으로 복용량을 늘려 나갔다. 아내는 묽은 수프 수준의 죽만 먹을 수 있는 상황인데도 아침에 한 번씩 60g까지 베이킹 소다액을 마셔주었다.

✽ 당분으로 위장한 소다가 암을 죽이는 트로이 목마

이 요법의 핵심은 베이킹 소다의 강한 알칼리성에 있다고 했다. 메이플시럽은 암의 확산성을 낮추기 위하여 암세포의 내부에 베이킹 소다를 침투케 하는 트로이의 목마 역을 한다. 일단 암세포 내에 베이킹 소다가 침투하게 되면 암세포 내부의 미생물의 재생산을 느리게 만드는데 이렇게 되면 암의 확산 또는 성장도 느리게 한다고 설명한다. 또한 베이킹 소다는 암세포 내부에서 많은 미생물을 죽여서 암세포가 정상 세포로 바뀌도록 해서 종양의 크기를 줄이도록 만든다고 했다.

설명한 기전 상으로는 일반 병원이나 요양 병원에서 일반화된 고가의 비타민 C 주사보다 훨씬 더 효과적이고 공격적인 요법이다. 비타민 C 요법은 암이 비타민 C를 당분인 줄 알고 섭취했는데 사실은 영양이 없는 비타민 C여서 암을 굶겨 죽게 한다는 기전이다. 말하자면 비타민 요법은 영양 없는 가짜 밥을 암세포에 먹이는 방식인데, 켈문 요법은 가짜는 아니지만 밥에다 폭탄을 심어 놓은 것이니까 얼마나 더 효과적이겠는가.

비타민 요법은 많은 병원에서 처방하고 있지만 켈문 요법은 상품화하기가 어려운 탓인지 병원에서 처방한다는 소리는 들어보지 못했다. 아무나 집에서 할 수 있어서 상품화할 이유가 없기도 했다.

베이킹 소다가 화장실의 곰팡이 제거나 빨래할 때 세제로도 쓰이는 걸 보면 의학의 문외한이라도 이 기전은 꽤 그럴듯해 보인다.

그러나 짐 박사의 베이킹 소다 요법 주창 배경에도 궁금증은 있다. 유방암 환자 가족 중에 딸 한 사람만 유방암에 걸리지 않았는데 그 이유가 매일 메이플시럽과 베이킹 소다를 먹고 있어서였다는 것이 아니던가. 그런데 시럽이나 베이킹 소다는 밥처럼 매일 먹는 일반적인 음식물이 아니다.

딸 중에 한 사람이 이를 매일 먹고 있었다고 하려면 그럴만한 이유가 제시되어야 하는데 그런게 없었다. 만약 이미 민간에 암 혹은 유방암에는 메이플시럽과 베이킹 소다를 섞어 먹는 게 좋다는 속설이 있었고, 엄마와 다른 자매들이 유방암에 걸린 것을 본 그 딸이 민간요법으로 이를 먹어서 암에 걸리지 않았다면 이야기가 그럴듯해진다. 그런데 그런 설명은 없었다.

　대부분의 동서양 전통 의학에 나오는 약재들이 우연한 기회에 효과를 찾은 것들이다. 그래도 그건 수천 년에 걸친 우연이 겹친 결과가 아니던가.

❀ 떠나기 전날까지 계속된 따라 하기

　우리의 기대에도 베이킹 소다가 암을 줄이고 있는 조짐은 없었다. 암이 줄어들 때 올 수 있는 여러 가지 긍정적 시그널은 물론이고 몸의 어느 한쪽에서 베이킹 소다가 역할을 함으로써 나타날 수 있는 통증 같은 것이라도 있었으면 했지만 없었다.

　설령 켈문 요법이 효과가 있다고 하더라도 이미 아내의 몸에는 효과를 미치기가 어려웠을지도 모를 일이었다. 온몸에 암세포가 퍼졌고 어쩌면 '귀신급'이거나 '악마급'이 되어있을 8년 차 암세포들이 며칠간, 몇 스푼의 베이킹 소다에 의해 고통을 겪거나 줄어들 것이란 기대는 애당초 합리적이지 않기는 했다.

　답답했던 나는 베이킹 소다 요법을 시행한 지 열흘째쯤 되어서는 진균이 있는 것으로 여겨지는 내 몸의 한쪽에 베이킹 소다를 시럽에 개어서 직접 발라보기도 했다. 엄청 쓰리고 아픈 통증이 전해졌다. 베이킹 소다가 진균을 만나면 이렇게 아픈 통증을 주는데 지금껏 반응이 없다면 애당초 기전이 잘못되었거나 아내의 경우는 효과가 없는 것이란 진단을 나 혼자 내렸다. 아내는 나의 실험을 무심한 듯 지켜보았다.

7월 26일부터 시작한 베이킹 소다 먹기는 호스피스로 옮겨서까지 계속됐다. 나중에 계산해 보니 18일간 베이킹 소다를 먹었다. 진짜 마지막 항암제였다.

6. 보바스 병원, "나의 그대여 안녕!"

Rhythm Virus Ⅰ, 70cmX80cm, 2011

✿ 사실상 곡기를 끊다

'곡기 끊기'를 위해 집에 가기가 무산된 이후 아내는 영양제 주사를 줄였다. 그래도 소화가 가능한 음식물은 거부하지 않고 섭취했다. 아내의 절친은 요양 병원에서 제공하는 삶은 단호박을 믹서에 갈아 물을 붓고 끓여 환자가 넘길 수 있도록 하는 수고를 아끼지 않았다. 병원에서도 국물이나 과일 주스 등을 제공했다.

이런저런 음식을 합해도 아내의 목을 넘어가는 칼로리는 하루에 100~200㎉도 되기 어려운 수준이었다. 그나마도 영양이 간으로 공급되지 않고 흉수로 빠지는 상황이어서 영양제 주사를 줄이면서 아내는 곡기를 끊은 상태가 되었다.

다리가 점점 부어오르고 그 영향은 바로 서혜부(사타구니)로 미쳤다. 복수가 차는 것보다 다리와 서혜부가 붓는 것이 더 문제였다. 다리와 서혜부를 마사지해서 림프액 밀어 올리기를 한 시간쯤 하면 원래의 모습 가깝게 정리가 되곤 했다. 그러나 홀쭉해졌던 이 부위들은 일어서거나 휠체어에 조금만 타고 움직이면 다시 부어올랐다. 가슴으로 밀어 올렸던 림프액이나 체액들이 소변으로 나가지 못하고 대부분이 다시 원위치하는 듯했다.

누군가 "코끼리 다리처럼 부어오르더라."라고 하는 소리를 들은 적이 있었다. 코끼리 다리는 아니더라도 불안할 정도로 부어올랐다. 림프절을 잘라낸 환자들이 겪어야 하는 과정처럼 생각이 되었다. 그래도 아내는 고맙게도 암이 커져서 생긴 암성 통증이 없었다.

요양 병원의 눈치도 눈치였지만 다리의 부종을 어떤 식으로든 해결해야 할 상황이 왔다.

 ## 휠체어 타고 들어간 보바스 병원 호스피스

이제 남은 곳은 호스피스였다. 다만 다리 부종을 다룰 수 있는 호스피스여야 했다. 여전히 나의 꿈은 그곳에서 다리 부종 문제를 해결하고, 한 달이 넘어 강제 퇴원을 당하는 것이었다. 호스피스는 한 달이 넘어서도 사망하지 않으면 강제 퇴원을 당한다고 들은 적이 있어서다.

큰며느리가 분당의 보바스 병원 호스피스 병동에 대기를 신청했다. 부종도 관리해 준다는 설명과 함께 1주일쯤 기다려야 할 것이란 이야기도 들었다. 언제 실제 입원이 가능한지는 병원도 잘 모른다고 했다. 입원한 환자가 언제 사망할는지 누가 정확하게 예측할수 있을 것인가.

언제 입원하라는 통보가 올지 몰랐지만 일단 코로나 검사부터 했다.

코로나 검사를 한 8월 12일 작은아들이 휴가를 내고 여주로 내려왔다. 아내와 그의 절친, 나와 아들은 여주의 유명한 팥빙수 카페를 찾아 파티를 열었다. 잔디가 잘 깔린 카페 정원의 파라솔 아래서 휠체어를 탄 아내는 놋대접에 담긴 팥빙수를 반 그릇 이상 비웠다. 커피도 한 모금 마셨다.

그는 아들과 둘이서만 있던 자리에서 "아버지 잘 모셔라."라고 말했다. 나중에 아들이 전한 말이다.

뜻밖에도 다음 날 입원실이 나왔다는 연락을 받고 아내를 앞자리에 태우고 보바스로 향했다.

요양 병원을 나올 때도 혼자 힘으로 아내를 부축해 차에 태웠다. 가는 길에 큰아들의 한의원이 있어서 내려와 엄마를 보도록 했다. 모자는 차창을 내린 채 손을 맞잡고 서로 웃어주었다.

보바스에 도착해서도 혼자 힘으로 부축해 휠체어에 태웠고, 내 손으로 밀고 호스피스 병실까지 갔다. 휠체어로 밀고 가면서도 호스피스로 가려면 뭐 구급차 정도는 타고 가야 할 정도여야 하는 것인데 너무 일찍 온 건 아닐까 후회하기도 했다.

❀ 인간에 대한 예의를 생각하는 병원

보바스의 호스피스 병실은 인간의 마지막에 대한 예의를 생각하게 했다.

종합병원의 처치실과 달리 한 생명이 막을 내릴 때는 기능 외에 존경도 있어야 한다는 걸 말해주는 듯했다. 조명은 지나온 생의 어려움을 위로하듯 다소곳했고 천장은 괜찮은 인생을 살았다고 생각할 만한 높이를 가졌다. 침대는 보통 병원의 그것과 비슷했는데 침대만 조금 더 높고 넓었으면 어떨까 했다. 서양의 시대물 영화에서 왕족들이 임종하는 모습을 그린 것과 비슷한 그림을 만들 수 있겠다 싶어서였다. 그러면 좀 더 위안이 되지는 않을까 하는…. 한쪽에는 상주 보호자가 잘 수 있는 침대와 책상도 마련돼 있었다.

병원의 담당 의사는 여러 가지 징후들로 보아 1주일쯤 걸릴 수 있다고 말했다. 한 달 있다가 퇴원하는 것은 나만의 기대인가 보았다. 영양제는 쓰지 않고 평화롭게 소풍을 끝낼 수 있도록 전해질 보충과 통증관리에 신경을 쓰겠노라고 했다.

입원 당일에는 아내를 침대 채 잔디가 깔린 병원 옥상으로 옮겨 햇볕을 쬐도록 해주었다. 침대 곁에는 환자와 보호자를 위해 녹차와 커피를 따로 준비해 주기도 했다. 보바스는 여러 가지로 친절하고 만족스러웠다.

우리는 1인실을 사용했는데 나중에 계산해보니 입원비와 처치료를 합해서 하루 30만 원쯤 되었다. 요양 병원에서 1인실을 사용할 때 드는 경비와 같은 수준이었다.

❊ "잘 살아…시골 가서 닭 키우는 게 좋을 듯해."

간호사들이 와서 다리 부종이 가라앉도록 테이핑을 해주었다. 거의 한 시간이나 걸린 테이핑은 효과적이었지만 10여 시간이 한계인 듯했다. 힘이 들어서 일정 시간이 지나면 풀어야 한다면서 밤중에 풀어주었다. 테이핑은 그것 한 번으로 끝이 났다. 이틀째인 14일에는 잠자는 시간이 늘어나는 등 마지막을 향해 가는 징후들이 나타나서 부종을 관리해야 할 필요성이 없어져서인 듯했다.

다리 부종은 많은 암 환자들이 말기에 겪는 현상인데도 특별한 치료나 처치가 없어 보였다. 같은해 6월에 분당 서울대병원을 갔을 때도 간호사들이 테이핑 하는 법을 가르쳐주는 것이 고작이었다. 보바스에서도 테이핑 외에 다른 처치는 없는 듯했다.

아내는 입원 첫날 내게 몇 가지 말을 했다.

나는 아내가 잘못되면 나도 고향으로 가야 하지 않을까 고민하던 참이었다. 그러나 아이들과 아내는 모든 인적 물적 인프라가 서울에 있어서 내가 시골에 내려가서 살 수 없다는 쪽이었고 나는 은퇴하면 귀농해야 한다는 주장을 폈었다.

농촌에서 자란 사람들은 나이 들어 다시 시골로 내려가 어릴 때 부모들이 농사짓던 방식으로 친환경 농사를 지어 가족들에게 공급하는 것이 가족과 사회에 봉사할 수 있는 좋은 방법이라고 주장했다. 도시와 농촌의 인구문제를 동시에 해결하고, 가족들에게는 친환경 먹거리를 제공하고 은퇴자에겐 일거리가 생기니 그보다 좋은 해결책이 없다는 게 나의 오래된 주장이었다. 그중에는 닭을 열 마리나 스무 마리쯤 어릴 때처럼 완전히 풀어놓고 키워서 달걀을 아이들과 손자들에게 공급하는 내용도 있었다.

우리 가족들은 나의 귀농을 놓고 오랫동안 토론을 해왔었다. 아내는 오래된 토론의 결론을 호스피스 침대에서 내렸다.

"당신도 설악에 있는 것들 정리해서 닭 키우러 시골 가는 게 좋을 것 같다."

"잘 살아."

"나는 집 뒤 산소들이 있는 곳의 조금 외진 곳에 묻어 주면 좋을 것 같고 어머니에겐 여한 없이 살다 가니까 우시지 말라고 그래."

우리 집의 주 컨설턴트답게 나의 여생에 대해서도 의견을 준 것이다.

병원 측은 아내가 14일 오전에 경련을 한번 일으키자, 직계 자녀들

에게 병원으로 와 임종을 기다리도록 했다. 아내는 아이들에게 말을
많이 이어가진 못해도 잠이 깨었을 땐 한마디씩 건네기도 했다.

"고마웠다."

"잘 살아라."

이런 정도였다.

그는 작은아들에게는 다시 한번 나를 부탁했다고 한다.

"아빠 잘 챙겨라. 내가 마지막까지 이런다. 참….."

그는 그러고는 쿡쿡 웃었다고 한다. 홀로 남겨질 내게 대한 당부
에 가장 많은 음절을 사용한 셈이었다.

✿ 존엄을 잃지 않고 평화롭게 가는 길

아내는 그날 저녁 간호사가 불편한 것은 다 말하라고 하자 가슴
이 조금 답답하다고 했다. 간호사는 그것도 일종의 통증이라면서
가장 낮은 단계의 마약성 패치 4분의 1을 가슴에 붙여주었다. 패치
에는 교체일이 이틀 뒤인 8월 16일이라고 적혀있었다.

간혹 입술에 면봉으로 물을 적셔주면서 잠들어 있는 걸 지켜보는
게 우리가 하는 일이었다. 병원은 아내가 좋아하는 소리를 들려주
라고 해 비 오는 소리를 계속해 틀어주었다. 아내는 비 오는 소리,
그중에서도 낙숫물 떨어지는 소리를 좋아했었다.

그는 광복절인 15일 새벽 1시쯤 소변을 보겠다고 일어나 부축을
받고 침대를 내려왔는데 화장실까지 가지 못하겠다고 했다. 옆에
있던 간이 소변대에 처음으로 소변을 보았다. 그는 잠들었다가 다

섯 시쯤에 다시 소변을 보고 싶다고 했는데 내려갈 힘이 없다고 해 기저귀를 사용했다. 투병하는 동안 화장실에 못 간 것이 바로 이 두 번이었고, 기저귀의 도움을 받은 것도 마지막 한 번이었다.

그녀의 투병은 길었으나 고맙게도 품위를 잃을 일은 겪지 않았었다. 고맙고도 고마운 일이었다. 그는 성격대로 암에 걸렸어도 가족들을 불편하게 하지 않으려 노력했고 자신의 마지막까지도 존엄을 잃지 않았으니 가족들 입장에서 이보다 더 고마운 일은 없을 것이다.

7. 화실 단풍나무 아래 한여름 낮잠으로 가다

여름, 13cmX28cm, 2013

아내의 마지막 순간은 평화롭게 왔다. 그의 자존심과 평생 몸에 밴 자기 절제가 만들어 낸 평화가 아닐까 싶었다.

그의 마지막 말은 이날 아침 9시쯤 눈을 떠서 "목말라."라고 한 것이었다. 내가 입술을 면봉으로 적셔주자, 그는 곧 다시 눈을 감았다. 두 아들과 며느리와 남편은 그가 평상시 여름날 설악 화실의 단풍나무 아래 데크에서 낮잠 잘 때처럼 무의식의 세계로 들어가는 것을 지켜보았다.

보바스 병원의 호스피스에는 혈압이나 맥박을 재는 기계를 환자에게 달지 않았다. 대학 병원 처치실이나 다른 친척의 요양 병원 임종실에서 보았던 것과는 많이 다른 모습이었다.

"여기는 혈압이나 맥박은 보지 않는 모양입니다."

"그런 걸 달면 가족들이 모두 기계만 쳐다보고 있어서요….."

나의 객쩍은 질문에 간호사는 병원이 임종의 품격을 지키려 노력한다는 뜻을 간단하고 쉽게 설명했다.

우리가 볼 수 있고 그의 상태를 느낄 수 있는 유일한 것은 그의 호흡이었다. 그로부터 대여섯 시간 동안 한 번씩 숨을 가쁘게 가져갈 때도 있었지만 대체로 편안한 숨쉬기를 계속했다. 혈압계도 맥박계도 없었지만, 나는 그의 호흡이 복부에서 가슴을 지나 점점 위로 올라가는 것을 볼 수 있었다. 호흡이 가슴 위로 올라갈 때쯤 입에서 거품 같은 것이 흘러나와 큰아들이 닦아주었다.

오후 두 시쯤 되었을 때 그는 눈을 번쩍 떠서 우리 모두를 쳐다보았다. 우리는 너무 반가워서 "정신이 좀 들어?", "잠이 깼어?" 하면서 눈을 맞추었다. 나는 하마터면 "와! 소다 요법이 효과가 있구나!"

하고 고함을 지를 뻔했다.

옆에 있던 간호사가 "마지막 호흡을 했습니다."라고 말했다.

✸ 다시 보지 못할 그대여 안녕

그 소리를 듣고 보았을 땐 그는 다시 눈을 감고 있었다. 더 이상 숨결이 없었지만, 얼굴은 편안했다. 아내는 잠에 빠져들 때의 그것처럼 편안하게 무의식의 세계로 들어가고, 그 상태에서 다음 세상으로 건너갔으리라 믿고 있다.

나는 아이들에게 그와 이별할 수 있도록 잠깐만 자리를 비켜달라고 했다. 아이들과 간호사가 밖으로 나가고 나는 소리 내어 울었다. 얼굴을 오래 기억하고 싶어서 손으로 얼굴을 만지고 안았지만, 아내는 아는 척하지 않았다.

대학교 1학년에 만나 46년 동안 매일이다시피 보고 만진 얼굴이었다.

이제 다시는 보지도 만지지도 못한다.

나는 혼자 남겨졌다.

안녕, 나의 반쪽이여 안녕…

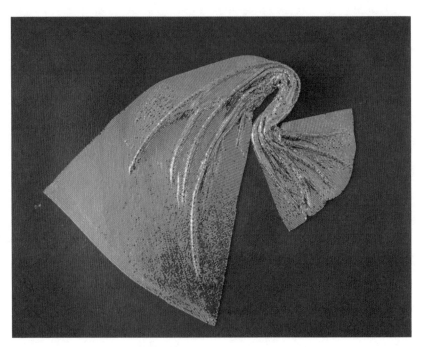

추억 속의 몸 - 2, 90cmX72cm, 혼합 재료, 2014

4부
혼자가 되다

잔설, 65.2cmX53cm, Oil on canvas

1. 고향 뒷산에 안장하다

아내는 내 고향의 집 뒷산에 묻히기를 원했다. 뒷산에 묻힌다는 것은 우리 집의 경우 선산에 있는 봉안당(奉安堂, 시신을 화장해 담은 유골함을 안치해 두는 곳)에 가지 않겠다는 다른 표현이기도 했다.

그는 생전에 몇 번 봉안당 시제에 제물 진열 차 참여했었는데 납골당은 어둡고 축축하다는 인상을 얻었던 모양이다. 그는 암에 걸려 투병하는 동안 일관되게 사후 이야기가 나올 때면 봉안당은 싫다고 말했다. 하긴 핏줄도 섞이지 않고 본 적도 없는 남편 조상들의 유골이 가득찬 곳에 비록 죽은 몸이라도 들어가는 것은 상상만으로도 싫을 만했다.

아내의 처음 희망은 화장한 후에 선산의 좋은 나무 밑에 수목장을 해달라는 것이었다. 그러다가 언젠가부터는 유골을 설악의 화실 뒷산에 뿌리면 어떨까 이야기했다.

아내는 병에 걸린 뒤 몇 달간은 억울해하고 불안해하기도 했지만, 어느 순간 마음을 내려놓은 뒤로는 가족들을 불편하게 하는 표정이나 말을 낸 적이 거의 없었다. 오히려 죽으면 어떻게 할 것인지를 놓고 마치 가족 여행지 고르듯이 나와 둘이서 수다떨듯이 토론하곤 했다. 수다 끝에 우리는 두 가지 방안 다 결국은 어려운 것으로 결론을 냈다. 수목장을 하려면 큰 나무들이 있는 선산에 가야 하는데 봉안당을 두고 그 옆에다 수목장을 따로 하기가 여러 친척들의 입방아에 오르내릴 일이 싫어서 어려운 사업이 됐다.

화실 뒷산에 뿌리자는 안은 내가 싫다고 했다. 불법, 합법을 떠나, 거기다 아내를 산골(散骨)하고 나면 화실을 처분할 수도 없고, 거기에 기거하기도 이런저런 생각이 나서 쉽지 않겠기에 한 결정이었다.

마지막에 얻은 합의가 고향 집 뒷산에 아직 봉안당으로 이장하지 못한 할머니 할아버지들과 아버지가 계신 곳 옆 빈자리에 평장(平葬, 봉분을 만들지 않고 평평하게 매장)으로 안장하는 것이었다. 그곳은 선산과는 조금 떨어져 있고, 예전 밭자리여서 넓지는 않아도 멀리 동네 입구부터가 한눈에 들어오는 양지바른 언덕이다. 그는 떠나기 이틀 전 산소가 있는 뒷산의 귀퉁이 자리가 따뜻하고 바람도 잘 통할 것 같다고 다시 한번 매듭을 지었었다.

아내가 먼 곳으로 간지 해를 넘기고도 한동안 그 합의는 실행되지 못했었다. 고향 집 옆으로 귀향한 작은 매형이 "노모가 계신 집 옆을 지나 부모 앞선 며느리를 그곳에 안장하는 것이 동네사람들 보기에 좀 그렇다."는 의견을 내놔서 제동이 걸렸다.

직접적인 이유는 그랬지만 한편으로는 얼마간이라도 나나 아이들과 멀지 않은 곳에 유택을 두면 가끔 가서 마음을 달래는 것도 좋겠다 싶어 분당에 가까운 봉안당에 임시 유택을 마련했었다.

그러다가 2023년 음력 2월에 윤달이 들어 아내를 고향 집 뒷산

산소들이 있는 곳으로 옮겨 안장했다. 고향 집에 계시던 어머니의 상태가 더 이상 집에 계시기가 어려워져 요양원으로 옮긴 때여서 며느리의 유해가 집옆을 지나가도 괜찮은 상태가 되기도 했다.

윤달이 든 김에 미루고 있던 아버지와 할머니 두 분, 종조부 한 분의 봉분을 파해서 화장한 뒤에 조금 떨어진 선산의 봉안당으로 모시고, 이어서 아내의 묘소를 봉분 없는 평장으로 조성하고 잔디를 입혔다. 자연으로 돌려보내는 것이어서 단순할수록 좋다지만 남은 가족들의 아쉬움을 달래기 위해 상석을 깔고 작은 비석을 세웠다.

"망설임 없는 행동 지혜롭고 아름다웠던 우리의 등불"

그 위에는 서양화가라고 쓰고 생년과 사망 월일을 넣었다.

이장이 끝난 뒤 한 달쯤 지나서는 큰 매형의 도움을 받아 사천 다솔사 앞 산에 있던 20년쯤 된 배롱나무 다섯 그루를 묘소 뒤에 옮겨 심었다. 옮겨 심기 위해 쳐낸 가지들이 다시 뻗어나는 2024년부터는 아내는 여름 내내 붉은 배롱나무꽃 속에서 살게 될 것이다. 예전부터 매화는 남자의 꽃이고 목백일홍, 자미당으로도 불리는 배롱나무는 여자를 위한 꽃이라고 해서 있는 집에서는 정원 한켠에 한 그루씩 심었다고 한다.

누군가가 배롱나무는 여름꽃이니까 겨울을 위해 배롱나무 사이에 동백꽃을 심으라는 이야기를 해주어서 동백꽃도 10여 그루 구해달라는 부탁을 매형에게 해놓았다. 아내가 묻힌 곳은 하루 종일 해가 잘 들어서 양지바른 곳에서 잘 피는 동백꽃을 심기 좋았다.

아내의 이장이 끝난 뒤 나는 아이들에게 묘지 관리에 대한 내 고민을 이야기했다.

"나도 일단은 죽으면 엄마 옆자리로 들어가면 된다. 내가 있는 동안은 관리를 내가 할 수 있겠지만 내가 죽고 너희들이 많이 늙었을 땐 그때 상황에 맞춰서 처분하면 된다. 이마저도 파해서 봉안당으로 옮길 수도 있고, 봉안당 관리도 문제가 된다 싶으면 그냥 이 상태로 자연으로 돌려보내도 된다."

고향 뒷산이란 게 내 고향이지 아이들 고향은 아니다. 아이들이 사는 서울과 천리나 떨어진 아버지의 고향 뒷산에 어머니를 안장하는 것이 장기적으로 아이들에게 좋은 선택인지가 자신이 없어졌다.

사람들은 20~30여 년 전부터 너나없이 흩어져 있던 무덤들을 화장해서 봉안당으로 모으거나 아니면 한 곳에 평장 형식으로 집단화해서 관리를 쉽게 하는 작업들을 해왔었다. 그러나 세월이 흐르면서 봉안당이나 집단화한 묘들마저도 관리가 어렵다는 하소연이 곳곳에서 나오고 있다.

도시에서 큰 아이들이 관리의 주역이 되었을 때 선대의 고향에 있는 묘역이란 참 난해한 일거리다. 선산이란 게 도시 가까이 있어서 여차하면 돈이 될 수도 있으면 다행이지만 우리 고향의 경우 공시지가가 만 원도 되지 않는다.

거리와 연고의 문제도 문제지만 인구가 줄어 30년쯤 뒤에는 묘역 관리 자체도 남은 사람들에겐 큰 부담일 것이다. 그래서 요즘 시골에서는 먼 산에 있는 묘들은 옮기지 않고 벌초도 하지 않아 자연 상태로 돌아가도록 묵히는 사람들이 생기고 있다.

아내의 뒷산 안장은 나의 귀향과 패키지로 토론이 된 일이었다. 귀향하든 안 하든 아내를 고향 뒷산에 안장하면 십수 년이야 내가 관리할 수 있을 것이다. 그러나 그다음은 아이들 몫인데 십수 년이란 게 지나놓고 보면 엊그제처럼 순식간이었고 미래도 또한 그렇게 올 것이다.

2. 아프리카에서 환생

숲속에서, 73cmX53cm, 혼합 재료, 2006

"꿈에서 한번 봐요."

2023년 광복절 날 아내의 2주기 제사를 지내면서 나는 혼자, 그러나 열심히 소망했다. 하지만 그날 밤도 이후로도 그런 일은 없었다. 나보다 먼저 아내를 떠나보낸 한 친구는 일주일 단위로 꿈을 꾼다는데 우리 가족은 영 딴판이다.

꿈에 먼저 떠난 사람이 나타나는 걸 두고는 좋으니 나쁘니 하는 해석들이 있긴 하다. 그래도 워낙 그런 일이 없는 입장에서는 좋고 나쁘고를 떠나 서운하다.

아내는 고향 뒷산으로 유해를 옮긴 그날 밤에는 내게 세 차례나 꿈에 나타났다. 그날 밤 고향 집에서 혼자 자던 내게 그녀는 꿈속의 만남에서 생전처럼 밝게 웃으며 반겼다. 꿈 이야기를 들은 손위 누이들은 좋은 안식처를 마련해줘서 고맙다는 인사였을 거라 했다.

이후 나는 꿈에서 그녀를 보지 못했다. 아이들도 비슷하다고 한다. 아이들도 꿈에서라도 한번 엄마를 만났으면 하는데 나타나지 않는다고 아쉬워한다.

"엄마의 생전 성격대로 아닐까요?"

"아이들한테 도움도 안 되는데 죽은 사람이 꿈에 나타나면 번거롭기만 하지 뭘 하겠나 해서 안 나타나는 것 같아."

둘째는 엄마의 감정적이지 않던, 실사구시를 추모했다. 둘째의 이야기에 큰아이는 다른 이야기를 했다.

"나는 엄마가 아프리카 어딘가에 다시 태어나 사는 것 같아."

"왜 그런지는 모르겠는데 예전부터 알았던 것 같은 그런 느낌?"

아이는 죽은 엄마를 그리워하는 것보다 마치 이혼해서 떠난 엄마를 서운해하는 듯한 표정이었다.

아내의 49재를 치른 절의 주지스님은 막재를 치른 뒤 극락왕생을 확신했다.

"구품화 님 같은 분이 안 가면 누가 가겠어요."

구품회는 주지 스님이 지어준 아내의 법명이다. 서쪽으로 억만 리를 가면 극락정토가 있는데 여기서 다시 태어나는 것이 극락왕생이 아닌가.

아내의 두 번째 기제사를 지내고도 꿈에 나타나지 않는 걸 보면서 나는 큰아들의 아프리카 환생설이나 주지 스님이 확신한 극락왕생설을 믿기로 했다.

어딘가에 환생을 했으니까 이전 생에 우리 가족과 맺었던 인연을 이제 꿈속에서라도 끊지 않았을까 해서다. 그게 순리고, 아내의 성격을 보면 더욱 그럴 수밖에 없을 것 같기도 했다. 아프리카 환생을 이야기하던 큰아이의 표정이 그리움보다 서운함에 가까워 보였던 것도 그래서일까.

환생했다면 추모 공원에 있을 때보다 고향 선산에 안장된 이후라야 맞을성싶었다. 나는 큰아이의 아프리카 환생을 더 믿기로 했다. 우선 극락이나 아프리카나 다 서쪽이긴 마찬가지고, 걸어다니던 시절의 아프리카는 '억만리'쯤 되는 거리감이었을 테니 아프리카의 어딘가에 그 정토가 있을 수도 있겠다 싶다. 현 인류의 조상인 호모사피엔스의 고향도 아프리카가 아닌가.

두 번째는 정토가 따로 있고 선택권이 있다면 우리 가족이 아는 아내의 선택은 아프리카였을 것이 분명해서다. 일하지 않고 놀기만 해도 될 것 같은 극락보다는 할 일이 있는 지구, 지구 중에서도 할 일이 많을법한 아프리카를 택했을 것 같다.

큰아이가 아프리카 이야기를 했을 당시 나는 갑자기 13년 전의 한 장면을 떠올렸었다. 2010년 아프리카의 남아공에서 열렸던 월드컵 경기를 참관하러 갔던 때 사바나 지역에서 보았던 관광버스 밖 한 장면. 8등신의 맨발 소녀가 머리에 땔감 묶음을 이고 시골 황톳길을 걸어가는, 천경자 그림에서 막 튀어나온 듯한 차창 밖 풍경으로 버스 안이 갑자기 시끌해졌다. 아프리카에 가면 송혜교와 전지현들이 맨발로 밭일하고 땔감한다는 그 이야기가 그림처럼 원색으로 눈앞에 펼쳐졌던 것이다. 그 버스 안에서 그런 우스개소리가 오갈 때 산골 출신이었던 나는 그 농담들을 주체하지 못한 채 왠지 모를 진지함 속에 있었다.

나는 그때 아프리카에서 환생한 아내를 보았던 것일까. 지구 시계는 과거 현재 미래 순이지만 우주 시계로는 순서가 다를 수도 있을 테고….

2010년 당시 나는 이런 저런 사정으로 다니던 신문사를 떠나 프로축구단 경남FC의 경영을 맡고 있었다. 그 해는 남아공 월드컵이 열리는 해였는데 나는 구단의 시즌 준비를 위해 축구연맹에서 실시하는 월드컵 참관 여행에 불참하려 했었다. 그런데 아내는 "이때 아니면 언제 아프리카를 갈 거냐."며 이상하리만큼 강하게 나를 채근해 기어코 아프리카를 다녀오도록 만들었었다.

아내는 크고 늘씬하게 환생한 그녀를 볼 수 있도록 나의 아프리카행을 부추겼던 것으로 믿기로 했다.

3. 쉽지 않은 귀향

바다엔 그리움이 있다, 20호, 혼합 재료, 2007

신문사에 다니는 동안 시골 가서 농사 짓겠다는 말을 입에 달고 살았던 모양이다. 그러니 "시골에 가서 농사 지을 거야."라고 말하면 옆에서 듣고 있던 사람들한테서 "그 소리 30년 전에도 들었다."고 타박을 받았다. 그런 상황은 아내와의 사이에서도 마찬가지여서 뭔가 도피하고 싶은 일이 생기면 입버릇처럼 "고향 가서 아버지처럼 살다 죽겠다."고 해서 아내를 난처하게 했었다.

농촌 가서 살겠다고 하면 농촌 출신들은 대체로 "부럽다. 그런데 우리는 땅과 집을 다 팔고 나와서 돌아갈 곳이 없다."라고 말한다. 도시 출신들은 "농사 그거 어려워서 못 한다. 괜한 소리 하지 말라."라고 핀잔을 준다.

도시로 나와 학교에 다닌 농촌 출신들은 농사를 제대로 지을 기회는 없었지만 어릴 때나 방학 때 농사일을 거든 경험으로 농사일에 익숙하다고 생각한다. 제대로 안 지었을 뿐이지 하기만 하면 문제가 없다고 믿는다.

사업하는 한 친구한테 생각을 물었더니 같은 이야기를 했다. 공부 안 하는 아이들에게 "커서 뭐가 되려고 이리 공부를 안 하냐."라고 나무랐더니 "그냥 사업이나 하지 뭐."라고 했다는 것이다. 어릴 때나 밥상머리에서 들은 이야기들 때문에 아버지의 직업에 익숙하고 자신도 그 정도는 해낼 수 있다고 믿는 모양이다.

사업가의 아이에게는 농사가, 농부의 아이에게는 사업이 어려워 보인다. 유전자가 따로 있는진 모르지만 어릴 때의 학습효과 때문이라고 믿는다.

나는 실제로 사람들과 어울리기보다는 농사처럼 나만 열심히 하면 되는 일을 좋아한다. 회사 다닐 때 어려운 일에 부닥치면 농사 짓는 일로 탈출하고 싶었던 것도 도피심리도 있었겠지만 실제로도 농사가 더 적성에 맞을 거라 나름 생각해서였다.

식량이 모자라던 시대에 아이들 학비를 마련해야 하는 아버지들의 농사는 고통스럽고 최악의 투자대비 소득이 낮은 직업이었다. "힘들어서 농사 못 짓는다."는 관념은 이런 상황, 이런 시대의 것이다. 하지만 그냥 생활을 즐기는 수단으로서는 농사만큼 낭만적이고 가치 있는 직업도 없을 것이다. 정년퇴직하고 아이들을 모두 결혼시키고 난 뒤에 여생을 즐기는 방법으로 농사보다 매력적인 직업이 없다는 것이 나의 오래된 주장이었다.

아들의 귀향을 늘 반대하던 어머니도 2023년도에 돌아가셔서 귀향을 못할 큰 이유도 사라졌다. 예전에 어머니들은 객지에 나가 공부한 아들들은 서울이나 대도시에서 살아야 한다고 믿었다. 자신들은 농사일에 힘들어해도 아들은 서울 가서 뭐가 되었다는 것을 더 소중하게 생각하고 자랑으로 여겼다. 그러던 아들이 서울 생활을 접고 고향으로 돌아온다는 것은 어머니의 자존심을 훼손하는 중대한 사건이었다.

때문에 어머니가 계시는 동안은 귀향을 실행에 옮기는 것이 많은 설명이 필요했었고 아내가 세상을 떠났어도 아내와의 약속은 좀 두고 보자는 상태에 머물렀었다. 상황이 바뀌어 아내의 유골이 고향 집 뒷산으로 오고, 또 어머니가 돌아가셔서 고향 집이 온전히 나의 소유가 되었다. 그런데도 귀향은 여전히 어려운 숙제로 남아 있다.

고향에 가면 논과 밭, 산이 있어서 오래전부터 이야기 해온 대로 아버지와 같은 삶을 살 수가 있다. 은퇴한 볼펜들이 서울서 더 할 일은 없을 테니 일을 하려면 시골로 가야 하고 농사를 통해 온전한 직업인으로 다시 출발할 수 있는데도, 나는 계속 미적거리고만 있는 중이다.

내가 귀향하면 어떻겠냐고 하자 인근에 살고 있는 손위 누이 두 분 모두 힘들 것이라며 찬성하지 않는다고 했다. 누이들은 농촌에서 남자 혼자 생활하는 것은 실제로도 그렇고 보기에도 좋지 않다고 주장했다.

실제로 농촌에서 살려면 여러 가지 작업을 해야 하는데, 도시의 작업도 그렇긴 하지만 농촌의 일이란 게 2인 1조가 아니면 힘들고 능률이 오르지 않아 어렵다는 이유다. 그러고 보면 논일 밭일들이 대부분 혼자 하기에는 재미도 없고 둘이서 협력하면서 해야 하는 일들이 많다.

"무엇보다 농사일을 하고 들어오면 밥이라도 해서 기다리는 사람이 있어야 할 텐데 일하고 들어와서 또 밥까지 차려서 먹는 걸 재미없고 힘들어서 얼마나 오래할 수 있겠나."

남 보기에 좋지 않다는 이유에도 뜻밖에 무게가 실려 있었다. 도시와 달리 농촌에는 옆집의 숟가락 숫자까지 알 만큼 속속들이 알고 지내기 마련인데 남자 혼자 생활하는 게 너무 없어 보인다는 것이다.

농촌의 뒷담화에 익숙한 누이들은 동생이 폼나지 않는 일로 남의 입에 오르내리는 게 영 마음에 걸리는 눈치였다. 거기다 여자 혼자보다 남자 혼자 사는 것이 주위에 줄지도 모를 성적 긴장의 파장까지도 염려하는 듯해 동생의 기를 죽이고 있었다.

닭을 키우겠다는 내 계획도 누이들의 비토를 받았다. 동네에서 싫어한다는 이야기가 우선 나왔다. 예전에는 집집마다 닭을 키웠지만 지금은 번거롭고 돈이 안 되니까 아무도 키우지 않는데 닭을 키워서 새벽마다 울어 젖히면 동네 민폐가 될 것이라고 했다.

누이들은 무엇보다 닭이든 염소든 가축을 키우면 하루도 빠지지 않고 돌봐야 하는데 그렇게 할 수 있느냐고 따졌다. 나이가 들수록 친구들과 더 활발하게 교유(交遊)해야 할 텐데 닭 몇 마리 키운다고 그걸 포기할 수도 없고 포기해서도 안 된다는 것이다.

고향 집 옆에 사는 둘째 누이는 동생이 온다면 반갑고 의지가 되겠지만 계획만 세웠다가 중간에 포기해 버리면 자신이 도맡아야 할 뒷감당도 신경이 쓰일 수밖에 없을 것이었다.

서울의 아들들도 반대의 대열에 함께하는 중이다. 아이들은 내가 멀리 가 있으면 효도할 기회와 정도가 줄어들 것이란 점을 강조하지만, 아이들이 사실은 물적·시간적·심리적으로 값이 싼 현재 효도 비용이 기하급수적으로 늘어날 것을 걱정함을 모를 리 없다. 그래도 짐짓 걱정해 줘서 고맙다고 치사하고 공감해 주어야 하는 게 또 좋은 아버지이자 혼자되어 더욱 힘이 빠진 아버지의 현실이다.

"농사는 힘들어서 못 짓는다."는 친구들의 타박과 누이들의 걱정, 아들들의 불편함 외에도 현실적인 이유가 두 가지쯤 더 있다.

하나는 작물을 특별히 잘 고르지 않으면 농사짓는 재미가 반감되는데 적절한 작물에 대해서 아직 무릎을 칠 아이디어가 없다는 점이다.

농협에 출하하거나 벼처럼 정부 수매가 되는 품목이 아니면 농작물을 처리하는 데에 애를 먹게 된다. 소규모로 짓는 농산물은 양이 많지 않아 대량 출하 시스템에 가입할 수도 없고 집에서 소화하거나 지인들에게 나눠줘야 하는데, 이게 대부분 금방 상하는 것들이어서 쉽지 않다. 도시에 살면서 도시 주변에 텃밭을 가꾸던 사람들이 한두 해 하고는 금방 흥미를 잃어버리는 바로 그 이유다.

친구들이나 자녀들에게 나눠줘도 한꺼번에 많은 양을 보내게 되니까 받고도 반갑지 않은 대상이 되는 경우가 많다. 하물며 텃밭이 아니고, 귀향해서 농사를 짓는다면 뭔가 최소한 친구들이나 아이들이 받아서 반가운 종류여야 하는데 그런 걸 찾기가 쉽지 않다. 닭을 키우겠다고 생각한 것도 완전히 자연에 풀어놓고 키우는 닭의 달걀은 누구라도 귀한 것으로 여기는 것이어서 그랬던 것이다.

고구마나 감자는 키우기 쉬워서 좋은데 보관에 문제가 있는 데다 누구에게 주어도 한꺼번에 많은 양이 필요하지 않는 대표적인 작물이다. 말린 고추는 보관도 좋고 누구에게나 환영받지만 키우기와 말리기가 보통이 아니다. 과일은 누구나 받으면 좋아하는데 수확까지 몇 년이 걸려야 해서 또 결심이 잘 서질 않는다.

고향 집에서 살려면 내부 구조를 더 살기 편리하게 수리해야 할 텐데, 서울 집을 유지하면서 여기에 새로운 투자를 하는 것도 쉬운 문제는 아니다. 이래저래 어려운 이유가 수도 없이 많다. 하지만 서울서 일 없이 여생을 보내면 안 되는 이유도 그만큼이나 많으니 문제다.

귀향하지 못하는 가장 큰 이유가 아내가 없어서이고, 어쨌거나 결론을 못 내리는 것도 늘 같이 토론하고 결론을 이끌어내던 아내가 없어서라니 아이러니하다.

4. 혼자 산다는 것

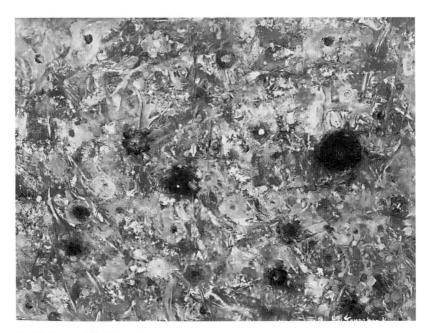

꽃의 합창, 20p, 혼합 재료, 2009

혼자 된 내게 하루 중 언제가 힘드냐고 물으면 해질녘이라고 말한다. 큰 산 아래 농촌서 큰 내게 산 그늘이 동네를 뒤덮는 그 시간은 언제나 소통하고 재회하는 무대였다. 각자의 존재 이유를 설명하고 확인받는 때이기도 했다.

집 안팎에서 일하던 어머니가 저녁 마련을 위해 부엌에 자리를 잡고, 들일이나 경조사 나들이를 갔던 아버지도 그날 일의 성과를 표정으로 그래픽해 돌아오던 시간.

결혼해서는 아내에게 전화를 걸어 저녁 일정을 알려주던 해거름. 아버지를 여의고서는 홀로 된 어머니에게 하루 일과의 무사 여부를 주고받던 그 시간에 나는 문득 아무것도 할 수 없고 할 필요도 없는 처지가 되었다.

전화를 걸던 그 시간에 전화를 찾지만 이제 내 전화를 기다리는 사람은 어디에도 없다. 그래서 나는 전화를 할 데가 없는 것이고 이는 내 안부를 크게 궁금해할 사람도 없다는 말이기도 하다. 결국은 내가 이 세상 어떤 누군가의 보호자도 아님이 확인되는 것이어서 내 존재의 필요성과 존엄에 대해서까지 의문을 갖는 일이 이 시간이면 되풀이되곤 한다.

아내와 헤어지기 전까지는 부부가 서로의 반쪽이라는 것에 대해 그러려니 했어도 막연한 느낌이었다. 40년간 부부로 살아오면서 우린 어느새 각자 비교우위를 가진 부분만을 특화시켜 왔었는데 누구나 그러했을 것이다.

생활비를 벌어 오는 일부터 집 안의 재테크를 하는 일, 아이들을 훈육 및 교육하고 대외업무를 하는 일 등에서 우리는 각자 역할을 분담했었다. 사실 나는 생활비 벌어 오는 일만 나의 일이고 다른 세 가지 업무는 아내가 나보다 훨씬 유능했기에 온전히 그의 영역으로 지내온 편이었다.

상대적으로 부족했던, 아내가 맡았던 분야들에 대한 나의 역량은 오랜 세월 퇴화돼 그나마 없는 것과 마찬가지가 되어버렸다. 둘이 합쳐서 완전체였다가 절반 혹은 25%의 역량으로 세상 속에서 살아야 한다는 것은 생각보다 어렵고 스트레스 받는 일이다.

결혼하지 않고 혼자 살아온 사람들은 그나마 낫지 않을까 싶다. 혼자서 모든 기능을 발휘하고 발전시켜 왔으므로 세상살이의 역량 면에서 사별한 사람보다는 한 수 위일 것이기 때문이다.

그뿐만이 아니다. 오히려 그보다 더 큰 상실은 다른 사람과의 관계(關係)에서 일어난다. 관계 속에서 마지막까지 유일하게 내 편일 아내가 없으므로 나는 절반 정도의 권력이나 권위만으로 사람들과 관계를 맺어야 한다. 이웃집과 관계, 친척들과의 관계, 심지어 사회에서 맺었던 인연들과의 관계에서도 내 뒤를 맡아 밀어줄 뒷배가 이 세상에 없다는 것은 정말 기운 빠지는 일이다.

가족과의 관계도 특별히 다르지 않다. 부부가 같이 있을 때는 정상적인 윗세대 역할을 할 힘이 있지만 혼자가 되면 왜소해지고 그에 걸맞은 권위를 갖기 어렵다. 같은 가족 내에서도 내 편이 있고 없고는 중요하다. 이를테면 아들들 가족과 만나도 편을 나누기로 들면 나는 혼자고, 저들은 한편이다. 가족 간에 무슨 파워 게임이냐 할지 모르지만 세상사에 권력이 작용하지 않는 관계란 없고 모든 것은 상대적이기 때문이다.

이 모든 관계에서 혼자 산다는 것은 한 수 접고 들어가는 일이어서 난감하다.

물론 그렇다고 해서 우울해하거나 떠난 사람을 그리워해서 오래 상념에 잠기거나 하지 않는다. 그런다고 해서 아무것도 달라지지 않고 떠난 사람이 다시 나타나지 않는다는 것이 분명해서다.

20년 전에 부인과 사별한 고교 동창은 아직도 가끔씩 하늘을 쳐다본다고 한다. 눈물이 나서기도 하고 하늘 어딘가에 있을 것 같아 쳐다보게 된다고 한다. 나는 아직 그보다는 조금 더 오래 문득문득 떠난 사람을 생각하는 편이다. 아마도 곧 친구처럼 하늘을 쳐다보는 정도로 내 상황을 위로하게 될 것이라고 믿고 있다.

혼자 되어서 겪는 어려움과 고민 중 존재의 의미가 희미하다는 점이 역시 가장 풀기 어려운 것 같다. 세상이란 시스템 속에서 그 혜택을 누리고 사는 한 나도 그 시스템의 작동에 뭔가 기여해야 하는 게 맞지 싶다. 그게 내가 생각하는 존재 이유다.

세상이 나를 필요로 하는 일을 할 수 있다면 가장 근사한 일이다. 아니라면 국가나 사회가 필요로 해야 하는데, 필부(匹夫)로 퇴직까지 한 형편에 뭐 그런 것도 어렵다. 그나마 내가 보호하고 부양해야 할 가족이나 부모가 있어야 나의 쓰임새가 있을 텐데 그런 쓰임새마저 없어졌으니 자존심 상하는 일이다.

"젊어서 많이 일했으니까 더 이상 보호하지 않고 그냥 쉬어도 가치가 있다."고 말하기도 한다. 그러나 지나놓고 보면 내가 몸 바쳐서 했던 일들이 그렇게 가치 있거나 의미가 있었나 싶기도 하고, 결국 가족을 위해 일했던 것만 남는 것 같다. 가족은 보통 사람들의 존재 이유고 평생에 했던 일들도 결국 '가족들을 위한 일'에 그치는 경우가 많다.

사실 존재감 상실 이런 것은 누구나 나이 들어 보호해야 할 사람이 사라지면 겪어야 할 일이긴 하다. 동의하지 않는 사람도 있을 것이고 뭐 그런 극단적인 경우까지 생각하냐는 사람도 있겠지만, 2024년 2월에 93세의 나이에 동반 안락사를 택한 드리스 판 아흐트(Dries van Agt) 전 네덜란드 총리 부부의 사례가 이런 이야기의 명징한 사례로 인용될 수도 있을 것 같다. 두 사람이 모두 견디기 어려운 병마의 고통 속에 있어서 그곳에서는 합법적인 안락사를 각자 택할 수도 있었겠지만 부부 동반이란 방식을 택했을 때는 보호, 책임 같은 존재의 이유도 함께 생각했기 때문이 아니었을까 해서다.

나를 위해서가 아니라, 아내는 없지만 남은 가족을 위해서 뭔가 도움 될 일이 없을까 모색하는 일은 계속되지 않을까 싶다. 보호해야 될 아내가 없어졌으면 더 쉬워져야 하는데 실제로는 이리 사람을 어렵게 만든다.

Unchained Melody 5, 100cmX100cm, 금속 체인, 아크릴, 2012

1. 《아흔 즈음에》와 어머니의 40년

2014년에 고 김열규 교수(1932~2013)의 유고 수필집 《아흔 즈음에》가 서점에 나왔었다. 당시 나는 아직 60도 되기 전이었지만 두려움인지 궁금증인지 모를 질문이 그때도 있었다. 늙음은 어떤 마음으로 받게 되나. 대학자는 그걸 어떻게 받아들이고 그려냈을지 궁금했다.

김 교수는 한국인과 한국문학, 한국의 민속학을 아우르는 '한국학'을 새로이 개척하고 중흥시킨 이 분야의 거목이었다. 그는 서강대에 있으면서 다양한 기고를 통해 민속학을 대중화해 언론계 쪽엔 특히 익숙하고 반가운 이름이었다.

신문에서 책 소개를 보고 광화문 교보문고에서 책을 구입했던 게 엊그제 같은데 벌써 10년 전 일이었다. 그 당시에도 '시간이 너무 많아 역겹기까지 하다'라는 한 줄만은 선명하게 남았다. 2023년 6월 어머니의 장례를 치르고 나서 그 책이 다시 생각이 났다. 혼자인 것도 어려운데 거기에 팔순, 구순을 살면서 어머니가 겪었을 삶의 내면에 대해 뒤늦게 궁금하고 죄송한 마음으로 뒤숭숭할 때였다.

두 번의 이사에도 다행히 책꽂이에 그 책은 살아 있었다.

"요즘 들어 나는 시간을 어렵게 보내고 있다.
시간을 겪어내기가 너무나 힘겹다.
마냥 크나큰 짐같아서 힘에 부친다.
지게 짐이라면 사정 없이 내동이치겠지만
이것은 아예 손 쓸 수가 없다.
시간을 지켜 할 일이 없다보니 시간에서 놓여 마음
이 편할 것 같지만 사실 그렇지 않다."

"그래서 시간이 말썽을 피운다.
시간이 무슨 구렁이처럼 온 마음을 휘감고는 죄어든다.
스물 네시간이 너무나 지루하다 못해 역겹기도 하다."

"그나마 여덟 시간 가깝게 잠을 잘 수가 있어서 퍽
이나 다행스럽다.
잠자는 시간을 빼고 나면 눈 뜨고 있는 그 열여섯 시
간이 말썽꾸러기다.
세끼 넘기는 것은 아예 정해서 맞추어 놓은 시간이
라 그냥저냥 지나쳐 버릴 수 있다.

그러나 그 나머지가 수월찮다.

성가시고 귀찮다.

어느 때는 갑갑하고 답답하기조차 하다."

김 교수는 서강대를 정년보다 조금 일찍 퇴직한 뒤 고향인 경남 고성의 농촌 마을에서 여생을 보냈다. 그곳에서 서울과 부산 등을 다니면서 강연하고 글을 쓰며 22년을 살았는데 《아흔 즈음에》란 책 제목과는 달리 여든두 살이던 2013년에 세상을 떠나고 말았다.

그는 여든에 접어들었을 때쯤 이런 류의 글쓰기를 부탁받아 글을 시작했던 모양이었다. 누구라도 병들기 전에야 아흔이고 백 살이고 살 거라고 생각한다. 노학자도 그래서 책을 써 보마 했을 텐데 갑작스레 방문한 병마를 이겨내지 못했다. 진주의 대학 병원에서 암 선고를 받고는 몇 년도 버티지 못하고 세상을 떠났다.

그런 탓으로 책의 내용도 약 3분의 1 정도만 늙음과 죽음에 대한 수상이고 나머지는 제목과는 다소간 거리가 있는 유고들로 엮여 있다. 누구나 그렇겠지만 선생은 아마도 예상치 못했던 암의 공격 앞에서 너무 큰 충격을 받았거나 특별히 진행이 빠른 나쁜 암을 만났던 듯싶다. 그 이후로는 글쓰기를 못 했던 모양이고 오래 버티지도 못했다. 때문에 책의 제목이 주는 끌림과는 달리 노년에 겪는 고독함에 대해 절절하게 어려움을 토로한 것 외에는, 김 교수의 학문적 업적을 기억하는 독자들에겐 기대에 못 미칠 수도 있는 책이다. 거기서 어머니가 90대에 겪었을 내면의 불안이나 심사를 읽어내는 일도 쉽지 않았다.

그럼에도 노년에 오는 고독을 이렇게까지 선명하게 부각시킨 것은 충격이었다. 이 책을 처음 읽었을 때도 왕성한 강연, 집필 활동을 했던 김 교수가 저렇게 노년의 고독과 외로움을 통곡하듯이 쏟아낼 정도면 우리 같은 필부들은 더 대책이 없겠다는 막연하지만은 않은 걱정을 했었다. 게다가 저건 병마가 방문하기 전의 이야기고 병마를 맞은 이후 김 교수가 느낀 절망은 평생의 업이었던 글쓰기마저 못하게 했을 만큼 심각했었던 모양이었다.

그러나 그때는 역시 직접 와닿지는 않았고, 어쩐 일인지 어머니와 엮어서 생각해 보지도 못했었다. 책이 나왔을 때 나의 어머니는 김 교수보다 5년이 더 빠른 생년을 가졌으므로 80대 후반이었다.

어머니는 아버님이 돌아가시고 30년째 고향 농촌 마을에서 혼자 지내고 있었다. 자식들이 대부분 그렇듯이 우리도 어머니가 가졌을 고독에 대해 걱정한 적이 별로 없었다. 자식들이 하루에도 몇 차례씩 안부 전화를 하고 궁핍하지 않을 생활 여건을 갖추었으므로 행복한 노년을 보내신다고 막연하게 생각했다.

"우리 어머니는 그래도 늦복은 가지신 게다. 아들딸들이 열심히 전화드리고 뵈러 오지…. 생활하시기도 젊으셨을 때보다 오히려 낫고…."

형제자매들끼리 모이면 하는 이야기였다. 사실은 동네의 이웃들도 다들 그렇게 어머니들이 혼자되어 농사를 짓고 살고 있다. 나이 들면 혼자되는 것은 어쩔 수 없는 일이고, 크게 아프지 않고 생활 걱정하지 않을 정도면 행복하다는 게 어머니 세대 주변의 생각일 수도 있었다.

어머니는 주변에 누이들이 살아서 다른 독거노인들보다는 상황이 좋았다. 창원에서 살다 5~6년 전에 귀농한 작은 누이는 창(唱)을 잘해 무대에 서기도 하는데 저녁마다 한오백년이나 회심곡 등을 부르면서 같이 놀다가 한방에 자고서는 새벽녘에야 자기 집으로 갔다. 큰누이도 자주 어머니 집을 들락거렸었으니 비슷한 노인네들에 비해서는 혼자 사시기는 해도 자주 자녀들의 보살핌을 받은 편이었다.

어머니는 아흔일곱으로 수를 마감하셨다. 어머니는 돌아가실 때까지 정신은 아들딸들보다 더 맑았다. 그러나 자력으로 화장실을 가실 수 없는 상태가 된 7개월 전부터는 어쩔 수 없이 인근 요양원으로 옮기셨고, 마지막 한 달간은 진주의 종합병원 입원 끝에 하늘나라로 가셨다. 다들 '그만하면 호상'이고 "잘 사시다 가신 거다."라고 말해주었고 우리도 그렇게 위안으로 삼고 있다.

어머니는 고독이나 외로움에 대해 한 번도 이야기하신 적이 없었다. 그 시대를 농촌에서 살아온 어머니들에게 그런 어휘나 감정은 구체화되지 못했을 것이다. 막연하게 있어도 아이들에게 이야기할 만큼 중대사로 여기지도 않았을 것이다. 먹고 사는 것이 한평생 과제였던 사람들이었다.

노학자가 몸서리를 쳤던 '노년의 고독'은 농촌의 어머니 세대들에겐 아직 테마로 대접받기 어려웠다. 누이들의 노력이 많았음에도 어머니의 40년 역시 김 교수의 '아흔 즈음에'와 크게 다르지 않았을 것이다.

요양원으로 가실 때 어머니의 그 망연했던 표정, 요양원에서 면회 때 보여주시곤 했던 무표정에 가까웠던 모습은 김 교수가 병마와 만난 뒤 '쓸 엄두조차 내지 못했던 시기'의 그것과 같았을 것이다. 돌아가시기 전에 지금 같은 생각을 가졌어도 어머니를 위한 특별히 다른 대책이 있었을 것 같지는 않다.

다만, 그래도 어머니의 마음과 외로움에 더 공감하는 표정과 마음은 갖지 않았을까 하는 아쉬움에 "어머니"하고 가만히 불러볼 뿐이다.

어머니는 움직이지 못하게 될 때까지 누이네의 도움을 받아 가면서 집 앞의 3백여 평 텃밭에다 고구마와 감자, 고추, 깨 등 작물을 심었다. 쪼그리고 앉기가 어려워진 몇 년간은 기어다니면서 밭을 매었다. 누이들이 "그러지 말고 집에서 쉬시라."라고 해도 어머니는 들은 척도 하지 않았다. 기어다니면서까지 밭을 매는 일을 자식들에게 뭔가를 주기 위해서나, 경제 행위로만 치부할 일은 아니었다.

그런 것들이 모두 고독과 시간에 대한 본인 나름의 효과적인 싸움이었을 것이고, 이웃 어머니들의 그것도 우리 어머니의 전쟁과 다르지 않을 것이다. 도회지에서 사는 자녀들이 "먹고 살 수 있게 돈도 드리고 하는데 왜 그렇게 노동을 하냐."고 늙은 부모들에게 지청구하는 것도 번지수가 정확하지 않은 일이다.

늙어서 더 고독한 것은 세상의 중심에서 밀려나서일 것이다. 친구들끼리 모여 이야기하다 보면 젊은 친구들이 존중한답시고 '어르신'이라고 부를 때가 가장 마음에 안 든다고 한다. 그다음에 듣기

싫은 것이 엘리베이터에서 만난 아이 엄마들이 인사 교육을 한다면 서 "할아버지한테 인사드려야지." 할 때다. "헐~ 언제부터 쟤가 내 손자였어?"라는 생각이 든다.

관공서 창구나 은행에서 나이 든 사람에겐 으레 큰 소리로 이야 기하는 것도 이상하게 거슬리는 대목이다. 지하철에서 자리를 비켜 준다고 혹 더 젊은 사람들이 일어설까 봐 서서 갈 때는 경로석 쪽에 선다는 친구들도 있고 후배들이 전화해서 "건강은 괜찮으시죠?"라 고 할 때도 싫어진다는 사람이 많다. 아마도 여든이라도 넘게 되면 '어르신', '할아버지' 같은 호칭도 받아들이게 되고, 자리를 비켜주는 것도 그때는 진심으로 필요하고 고맙게 느껴지겠지만, 아직 50년대 후반에 출생한 우리 세대들은 지하철 무료 패스는 애용해도 여전히 세상의 주인공이고 싶어 하는 모순 속에서 살고 있다.

젊은 세대는 나이 든 사람들이 할아버지나 할머니, 어르신으로 불리는 걸 싫어한다는 걸 이해하지 못한다. 겪어보지 않은 것은 모 를 수밖에 없는데 그런 이야기를 책으로나 말로나 전하지 않으니까 변하지도 않는다. 나는 어머니의 나이 듦에 대해서 대체로 무신경 했고 우리 아이들도 그럴 것이다. 손자 손녀들은 또 그들의 부모에 대해 그리하지 않을까 싶다.

나보다 여섯 살이 많은 큰누이는 문예잡지의 추천을 받은 등단 시인인데 최근의 시집에는 < 어머니>란 시도 한 편 있었다.

어머니

김정희

굽은 등이 추운 겨울이다.
무너지고 주저앉은 육신을 바라보는
서쪽 하늘 붉게 물들이는 노을처럼
마지막 밝혀주는 등불
소리 없이 들리는 우레
축 처진 어깨 내려앉은 가슴으로
새벽마다 염주 돌리며 기도하시는 어머니
내기도가 거기까지 찾아갈 수 있을까
엄마 영성으로 들려요
동그랗게 굽은 어머니의 등뒤에선
잔잔한 법문이 흐른다

2. 혼밥 엘레지

식당에서의 혼밥은 아무래도 자존감이 떨어진다. 있어 보이려고 어깨를 펴고 폼을 잡아 보려 해도 누군가가 "집에서도 혼자잖아."하는 것 같다. 혼자 되기 전에도 혼밥을 더러 했지만, 이때는 그냥 아무렇지도 않은 일상이었을 텐데 흰머리가 되고 집에서도 혼자가 되면서는 자의식까지 덧씌워져 표정 관리가 잘 안된다. 조금은 비루할 것 같기도 하고, 일부러 폼을 잡으려는 게 비겁해 보일 수도 있겠다 싶다.

내 돈 내고 내가 먹으니까 이것도 '내돈내산'이고 소비자는 왕이라는데 뭔 소리냐 하는 사람은 사회성이 없거나 독불장군일 가능성이 높다.

혼밥이란 게 누구에게나 즐겁지 않은 일이지만 내겐 두어 가지 특별한 뭔가가 있어서 더 그렇다. 무엇보다도 아내가 아직 투병 중일 때 손위 처남이 순댓국집을 운영하는 걸 잠깐 거들어 준 적이 있었는데 이때의 업주 쪽 경험이 혼밥 트라우마의 그림자를 더 키운 듯싶다.

순댓국집 카운터에 잠시 있어 보니 네 명이 함께 오는 손님들은 업주에게 이름 그대로 '왕'이다. 세 명이 오면 장관급쯤 되고 두 명이 오면 그냥 손님, 혼자 오는 이는 잘 봐줘서 '보통 사람'이다. 서너 명씩 와서 먹고 계산해야 매출이 쭉쭉 올라가는데 혼밥 손님은 더러 왔다 갔다 해도 다녀간 흔적이 잘 남지 않는다. 매출이 오르고 안 오르고는 다소는 기분 문제겠고, 한정된 영업시간 때문에 업주 입장에서 기회비용의 문제이기는 해도 손님의 귀천 문제는 아니다.

그런데 혼자 오는 손님의 영업이익률을 제로에 수렴하게 만들어 버리는 식당의 영업시스템을 거치면 이것이 손님의 질 문제가 되고, 드디어는 상대적으로 반갑지 않은 존재로 만든다.

식당들 대부분이 혼밥 손님에게 내놓는 반찬의 가짓수와 양은 여러 명이 올 때 내놓는 것과 크게 다르지 않다. 순댓국집에서도 네 명이 올 때와 혼밥 손님일 때 내놓는 반찬의 양과 가짓수가 같았다. 보통의 사람들은 식당에서 주어진 반찬과 밥을 맞추어 먹는 경향이 있다. 반찬을 더 달라는 사람들도 더러 있긴 하다. 그래도 그런 걸 '유난스러운 행동'으로 치부하는, 체제 순응적인 사람들이 더 많다. 식당에서는 다른 소리를 하지 않고 말없이 먹고 나오는 걸 좋은 일, 매너 있는 사람으로 여긴다. 집에서 받은, 음식 타박을 하면 안 된다는 밥상머리 조기교육 탓일 수도 있다.

그런가 하면 혼밥 손님이 반찬을 다 먹지 못하고 남기면 그건 그대로 잔반통으로 가야 한다. 가족끼리 하는 식당이라면 혹 모를까 쓴 반찬을 다시 내놓을 정도로 종업원들을 신뢰하는 간 큰 업주는 없을 것이다. 그러니 혼밥 손님과 4인 손님이 소비하는 반찬의 양이 같은 경우가 많다. 거기다 한 손님이 오나 여러 명이 오나 배식과 퇴식 서비스의 횟수는 같다. 반찬 가짓수가 같으므로 당연히 설거지의 양도 비슷하고….

이래저래 혼밥 손님의 경제성은 4인 손님에 비해 턱없이 떨어지고, 경우에 따라서는 이익이 0이거나 적자일 수도 있다. 카운터에 있는 내가 느끼기에도 혼자 오는 손님은 덜 반가웠다. 웃으며 반겨도 네 명 오는 손님의 4분의 1이거나 그 이하의 수준일 수밖에 없었다.

오늘은 혼자지만 다음에는 여러 사람과 함께 올 수 있고, 손님이 없는 시간대는 혼밥 손님들이라도 앉아 있는 게 좋다 해서 그나마 혼밥 손님의 의미를 찾았다. 바쁜 시간에 혼자 와서 혼밥하면서 핸드폰 보는 손님은 최소한 진상이다.

순댓국집에서 나는 사장과 종업원들에게 두 가지 아이디어를 내보았었다. 혼밥에 내는 반찬의 양을 보통의 절반으로 줄이는 방안, 아니면 설거지의 경제성까지 감안해 혼밥 손님에게는 구내식당의 배식판 같은 걸 제공하는 별도의 '혼밥 버전'을 만들자는 것이었다. 혼밥의 이익률을 많이 높여 혼밥 손님도 반가울 것이라는 점도 있고, 또 그리되어야 혼자 오는 손님들이 눈치 보지 않고 순댓국집을 편하게 많이 찾게 될 것이었다. 결국은 매출과 영업이익을 더 높이는 일이 아닐까 싶었다. 그 시기에 아내의 상태가 호전하기 어려운 쪽으로 가고 있어서 나로서는 '혼밥 시대'를 마음으로라도 대비해야 할 형편이었다.

이런 아이디어는 순댓국집 경영을 위한 것이면서 동시에 내 미래에 대한 본능적인 연민이기도 했던 셈이다. 그런데 사장이고 종업원이고 그런 귀찮은 디테일에는 누구도 관심을 기울이지 않았다. 오히려 혼밥 손님에게 서비스의 질을 낮추는 것으로 보여 마이너스 효과가 있을 것이란 주장도 있었다.

어느 10월의 마지막 일요일 낮에 분당도서관에 있다가 KT 본사 앞 먹자골목의 추어탕집에 혼자 들렀다. 일부러 점심시간을 피한 2시인데도 손님이 가득했다. 그냥 갈까도 했지만 들어온 김에 자리를 찾아 앉았는데 휴일이어선지 혼밥은 그야말로 혼자다. 그나마 얼굴을 아는 여자 종업원이 친구들과 여럿이 왔던 때를 기억해서 "오늘은 혼자 오셨네요."하고 아는 체를 해 고마웠다. 그래도 표정 관리는 쉽지 않다.

추어탕과 함께 유달리 가짓수와 양이 많은 반찬이 4인 상과 똑같이 나왔다. 남은 반찬들을 되돌아보면서 아무리 어깨를 펴고 잘 처신해도 식당 주인에게 나는 그냥 '없어도 되는 손님'일 것이라는 트라우마 속으로 걸어갔다.

"어디를 가든 귀하게 대접받는 사람이 되어야 한다."라는 돌아가신 어머니의 가르침도 혼밥 식당에서는 지키기 어렵다. 식당 주인들은 혼밥을 천 원쯤 더 받았으면 좋겠다. 아니면 1인용 반찬을 주면서 혼밥 손님을 더 편안하게 해줄 수는 없으려나.

3. 계묘년 보리 흉년의 '개떡제비'

1963년 나는 초등학교 2학년이었다. 그해 여름, 이르게 시작한 장마가 늦게까지 이어지더니 보리가 들에서 썩었다. 낫으로 보리를 베어 논바닥에서 말린 뒤에 도리깨로 타작해야 하는데 비가 계속돼 수확하지 못했다. 동네 사람들은 아쉬운 대로 비가 쉬는 틈틈이 보리를 베어 비를 피할 수 있는 마루나 헛간, 소 마구간에 쌓아두고 햇볕 나기를 기다렸으나 헛일이었다. 쌓아둘 공간이 얼마 되지 않는 데다 그마저도 싹이 돋고 곰팡이가 피어 가축 사료로나 쓰면 모를까 사람 입에 들어갈 형편은 아니었다.

쌀은 기왕에 떨어졌고, 새로 심을 벼가 나올 가을까지는 보리로 버텨야 하는데 그 보리가 모두 썩었다. 온 동네 어른들의 한숨이 깊어지고, 그나마 사정이 나은 집을 찾아 '장리빚'(돈이나 곡식을 꾸어 주고, 받을 때는 한 해 이자로 본디 곡식의 절반 이상을 받는 변리. 흔히 봄에 꾸어 주고 가을에 받는다.)을 얻으러 다니던 여름이었다. 어른들의 어려운 사정을 막연히 알기는 했겠지만 민망스럽게도 내 나이가 그 상황을 구체적으로 이해하고 상황에 협조하도록까지는 못하던 때였다.

흉년이라도 여름 방학은 왔다. 점심을 먹은 뒤면 동네 아이들은 소의 코뚜레에서 고삐를 풀어내 뒷산으로 소를 몰았다. 해 질 녘까지 풀을 뜯은 소들은 동네로 내려와 각자 자기들 집으로 찾아갔다. 읍내서 큰 사람들은 소들이 알아서 자기들 집으로 찾아 들어간다고 이야기하면 "그래?"라 하면서도 믿지는 않아들 하는데 가축들도 자신들의 생존에 필요한 최소한의 지능과 능력이 있다.

어느 날 소를 먹이고 집으로 들어왔는데 저녁으로 호박잎을 넣은 수제비가 나왔다. 호박은 크게 키워 가을에 따야 하므로 보통 때 수제비에는 호박이 아니라 호박잎을 넣곤 했다. 멸치를 넣으면 좋겠지만 그건 넉넉한 시절이거나 많이 있던 집의 이야기다. 감자라도 넣었을 법한데 그해 따라 감자 농사까지 안 좋았는지 어쨌는지 그날은 호박잎뿐이었다.

마당 한가운데 놓인 평상에 둘러앉은 가족을 위해 아버지는 풀을 베어 모깃불을 피워두었고 모기는 포기를 모르고 연기 틈을 타서 달려들던 그런 날의 저녁이었다. 한여름의 열기는 저녁에도 식지 않았다. 산에서 흘린 땀의 끈적거림을 열기와 모기가 한계상황으로 몰아가는 중이었다.

그런 판국에 입 안으로 들어 온 저녁이 영 아니었다. 밀가루로 만든 '밀제비'도 뭣할 판에 보릿겨로 수제비를 흉내 낸 '개떡제비'였다. 미끄덩거리면서도 꺼끌거리는 게 '개떡제비'의 본성이다. 보릿겨 특유의 느끼함을 호박잎과 간장만으로 없애기도 역부족이었다. 재료가 보리의 겉껍질을 벗겨내고 한 번 더 벗겨낸 보릿겨인데 부드럽고 색깔도 연노랑으로 예쁘긴 하지만 그래봐야 가축의 사료였다.

사카린을 넣고 찐빵처럼 만들어서 주전부리로 먹기도 했는데 그런 때의 이름이 '개떡'이었고 이것을 수제비로 만들면 '개떡제비'라고 불렀다.

모기에 더위에 끈적거림에 거기다 개떡제비까지, 갑자기 주체할 수 없는 서러움이 밀려왔다. 입 안에서 미끄덩거리며 따로 노는 느끼한 개떡제비를 한입 문 채 나는 통곡했다. 대책이 있을 리 없었다. 꼭 어떻게 해달라는 구체적인 요구가 있는 것도 아니었는데 그냥 울어야 할 것 같은 고독이고 아픔이었다(커서 생각해 보니 그랬다).

울기 시작했으니 상황 변화가 없이는 그냥 그칠 수도 없었다. 세 살, 여섯 살 위의 누나들이 "뭐 이런 게 다 있노!"하고 머리를 쥐어박고 마루에서 상을 따로 받고 있던 아버지가 눈을 부라렸다. 그래도 아이의 울음을 그치게 할 명분은 되지 못했다.

큰 아들내미의 서러운 '통곡'에 먼저 손을 든 사람은 역시 어머니였다. 한참이나 울 것 같기도 하고 곧 때릴 것 같기도 한 복잡한 표정으로 내 울음을 지켜보던 어머니는 안방으로 들어가 천장에 매달려 있던 서너 개의 옹기단지 중 하나를 끌렀다. 새 쌀이 나오기 전에 돌아오는 늦여름이나 초가을 제사를 위해 쌀 두어 되씩을 단지에 담고 창호지로 봉해 방안에 걸어 두던 쌀 단지다. 딸 둘을 연이어 낳은 뒤에 얻은 종갓집 귀한 아들의 울음을 그치게 하려고 어머니가 찾은 솔루션은 장작개비 대신 '귀신단지' 개봉이었다.

우리 집은 고조까지의 직계 조상들은 제삿밥을 잘 얻어 드시려고 그랬는지 쌀이 남아 있는 계절에 돌아가셨다. 그런데 방계 할아버지들이 문제였다. 종가여서 후손 없이 돌아가신 방계 할아버지 몇

분에 대해 약식으로 제사를 모셔드리고 있었는데 희한하게 이분들의 제삿날은 다들 쌀이 떨어질 계절이었다. 어머니는 이분들의 제삿밥을 위해 마지막 벼를 찧을 때 작은 단지에 쌀을 넣어 방안에 매달아 두었는데 무섭게도 이름을 '귀신단지'라고 불렀다. 쌀을 오래 두면 벌레가 생기지만 단지에 담아 창호지로 봉해 놓으면 가을까지도 벌레가 생기지 않는다. 시골의 넉넉지 않은 종갓집 후손이 귀신단지를 통해 얻은 생활의 지혜다.

"후손이 밥을 못 먹어 이래샀는데 조상들도 이해하실끼다."

누구에게 들으랄 것도 없이 스스로를 이해시키기 위한 독백 끝에 그날 밤 어머니는 조상 제사상에 놓을 비상식량으로 아무것도 섞지 않은 '맨재짐'밥을 지었다(쌀밥의 사투리라고 하는데 보리나 다른 잡곡을 섞지 않은 흰쌀밥을 이렇게 불렀다. 순수 쌀밥인 셈이다). 생떼를 써서 얻은 흰 밥은 눈물과 콧물로 범벅이 된 상태로 입에 들어갔다.

울어서 어거지로 얻은 결과가 그렇듯이 어머니가 귀신단지를 풀 때 나는 이미 '괜한 짓을 했다'라고 속으로 맹렬히 후회하던 참이었다. 요구한 것을 얻은 뒤에는 내 입장도 갑에서 을이 됐다. 부모님, 누이들의 눈치를 보느라 그 귀하다는 한여름의 맨재짐 밥맛은 오히려 개떡제비만도 못하고 말았다.

사회에 나와서야 보리 흉년이 심했던 그해가 계묘년이어서 '계묘년 보리 흉년'으로 부른다는 걸 알았다. 흉년이 들지 않더라도 식량이 모자라거나 돈이 필요한 사람들은 형편이 나은 집에서 가을에 추수하면 갚기로 하고 '장리'(長利)를 얻어 썼다.

당시 농촌의 장리라는 것이 쌀 한 가마를 빌리면 다음 가을 추수하고 한 가마 반을 갚아야 하는 연리 50%짜리였는데 국어사전에도 장리를 그렇게 설명하는 걸로 봐서는 전국적으로 단일하게 금리가 통용되었던 모양이다.

계묘년, 그 해는 쌀만 빌리는 게 아니라 보리라도 빌려야만 했던 집이 많았다. 그러니 버릴 게 없었고 보통 때는 개떡이나 사료로 쓸 것도 사람이 먹어야 했다. 벼농사가 흉년이 든 해도 있었을 텐데 계묘년 보리 흉년 때처럼 사람들의 생존을 위협했던 때는 기억이 없다.

지금도 원하는 것을 줘서 달랠지, 장작개비로 때려서 울음을 그치게 할지 복잡했던 어머니의 그 표정이 훤하다. 그때의 표정과 생각에 대해 여쭤봤어야 했는데 이젠 늦었다. 그해 어머니와 아버지는 어떤 방법을 썼는지 그 뒤로는 한 번도 '개떡제비'를 내놓지 않았다.

2023년이 계묘년이었다. 60년 만에 돌아오는 간지니까 60년 전의 이야기다.

4. 시제(時祭)를 어찌할 것인가

문중의 합동 납골당인 봉안당(奉安堂) 벌초 때 일이 생겼다. 7대조부터 모시는 작은 문중이어서 혼인 한 남자 기준으로 26가구 정도 된다. 예전에는 1천 2백여 평쯤 되는 문중 논이 있어서 이를 짓는 사람이 벌초도 하고 시제(時祭, 춘하추동의 중월(仲月)인 음력 2·5·8·11월에 길일을 골라 부모로부터 고조부모까지의 제사를 받드는 것으로 모든 제사 중에서 가장 중한 정제(正祭)이며 제사의식도 가장 완비되어 있다.) 제물도 차렸었다. 그러던 게 20여년 전부터는 농사를 짓겠다는 사람이 없어 제물 차리기가 후손들의 순번제로 바뀌었다. 26가구가 순번을 정해 돌아가면서 제사음식을 준비해 차리고 있다.

벌초를 끝내고 음식을 나눠 먹는 자리였다. 당숙되는 문중 총무가 석 달 앞으로 다가온 시제의 제물 준비에 문제가 생겼다며 의견을 모아달라 했다. 이번에는 부산에 있는 7촌 집에서 차릴 순번이었다. 30대에 남편과 사별한 7촌 아주머니는 그동안 딸만 다섯을 키워 시집을 보냈었다. 헌데 자기의 순서가 되자 "나이가 80이 넘어 다리도 아프고 며느리도 없어 할 수 없다."라고 잘랐다는 것이다. 돌아가신 아저씨도 봉안당에 모셔 놓은 터였다. 문중에 대한 의무가 있겠지만 건강 탓에 못 하겠다는 것인데 대안이 있어야만 했다.

문중 총무는 대안으로 외부 식당에 제물을 준비케 하는 방안, 후순위 가구를 앞으로 당기는 방안을 알아보았지만 둘 다 여의찮다는 이야기를 함께 했다. 전문 식당에 맡기기는 문중이 제물 준비를 위해 한해에 쓰는 예산의 서너 배가 들어서 감당하기 어려웠다. 뒷 순서를 앞으로 당기는 일도 몇 집을 물어보았지만 확답을 못 들었다고 했다.

순서가 된 7촌 아주머니는 일찍 청상과부가 되었지만 기회가 되면 문중 행사에 잘 참여하던 편이었다. 문중에 대한 참여 의지나 충성도가 떨어졌다기보다는 설명대로 나이와 건강 문제 때문에 어쩔 수 없는 듯싶었다. 뒷 순번 집들이 선뜻 나서지 않는 것도 비슷해 보였다. 아주머니들이 대부분 70대 후반 이상이거나 건강 문제가 있었다. 그도 아니면 없어질지도 모를 일에 내 순번도 아닌데 미리 끼어들 까닭이 없다는 눈치도 있을 것이었다.

그동안 시제 때면 남녀를 합쳐 30~40명이 모였다. 제물도 돼지고기와 탕국, 생선 몇 가지와 떡과 과일들을 차렸다. 제사가 끝나면 제물과 준비해 온 밥까지 해서 나눠 먹었다. 문중에서는 일정액의 제물 준비금을 대신 지급한다. 집에서 혼자 준비하기에는 쉽지 않은 일이다. 그래도 그동안은 20회 가까이 큰 문제 없이 이어져 왔는데 드디어 사달이 난 것이다.

70대 초반인 7촌 아저씨 한 분이 나섰다.

"제물 준비가 어려운 게 사실이니 제물 없이 향을 피우고 술만 올리기로 하는 건 어떤가?"

그러자 문중의 좌장 격인 아흔에 가까운 또 다른 7촌 아저씨가 발끈한다.

"그게 무슨 남들에게 우사당할 소리냐."

선산에 제사 지내러 왔는데 그럼 밥은 어떻게 하냐는 소리도 들렸다. 그것도 좋겠다는 사람도 있고, 밥은 제사 지내고 나가서 식당에서 먹으면 된다는 소리도 들렸다.

종손인 나도 그냥 있을 수 없어서 절충안을 냈다.

"변화가 필요하긴 한데 지나친 간소화는 나이 드신 아저씨들이 받아들이기 어려울 테니 일단 현재처럼 몇 번 더 차려보고 간소화 등의 대책을 찾자."

뒷 순번에서 차리겠다는 집이 나오면 좋고 아니면 나라도 지금보다 조금 간소한 수준으로 차리겠노라고 했다. 조금 간소한 수준은 돼지고기와 떡, 과일만 진열하는 방법이라고 덧붙였다. 밥은 어떻게 하느냐는 질문이 있었지만, 돼지고기와 떡과 과일과 술을 먹으면 된다는 의견이 많았다. 굳이 밥까지 찾아야 하느냐는 반박도 있었다.

내 생각도 그랬다. 식사하지 않으면 제물과 준비물을 크게 줄일 수 있다. 돼지고기와 과일, 떡은 가까운 면 소재지 떡집과 식당에 맞추면 된다는 게 내 요량이었다.

의논이 길어진 끝에 현장에 있었던 60대 후반의 7촌 부부가 희생을 자청했다. 자기들이 많이 뒷 순번이긴 하지만 상황이 이러니 차려보겠다고 자원을 한 것이다. 나는 자원한 7촌 아주머니에게 오늘 의논한 내용을 모두 감안해서 제물을 간소하게 차려보자고 당부했다.

50~60년 전 어릴 때 아버지를 따라다녔던 시제는 풍성했다. 선산이 있는 산골 마을은 논이 적어 우리 문중 논을 소작하는 게 큰 이권이었던 듯했다. 문중 논을 지었던 집에서 큰 돼지를 한 마리 잡고 제물도 상다리가 부러질 지경이었다.

그러던 것이 살만해지자 문중 논을 짓는 것이 이권이 아닌 시대가 되었다. 그럼에도 예전의 의리를 지켜 소작하던 노인네들이 자신이 살아서는 계속 시제를 차려주려 해도 장성한 아이들이 못하게 해 그만둔다고 했다. 의리를 지키려던 노인들도 아버지 세대여서 모두 고인이 돼 이런저런 일들이 모두 옛날이야기가 되고 말았다.

시제만이 아니라 벌초도 어렵게 돼 문중에서는 20여 년 전에 문중 납골당을 만들어 묘들을 모았다. 시제 대상 묘만이 아니라 문중 전체의 묘를 화장해 봉안당에 모셔두어 거의 50여 기에 이른다.

벌초하고 서울에 와 고등학교 동창 모임에서 이야기를 꺼냈더니 대체로 "무슨 그런 갑오경장 이전 이야기를 하느냐."라는 반응이었다. 어릴 때 시제를 따라다녀 본 경험들은 더러 있었지만 지금도 시제를 다닌다는 사람은 아예 없었다. 자기들 문중에서 시제를 하는지 마는지 자체를 모르는 상황인 듯했다. 대학을 서울서 다니고 40년 넘게 서울서 살아 문중 일이라는 것과는 대부분 무관하게 사는 눈치였다.

아버지 시대에 우리 문중은 집에서 고조부모까지 제사를 모시다가 5대조부터 시제로 모셨다. 그러던 것이 이왕 시제에 사람이 모이는 만큼 아예 고조와 증조도 시제로 모시자고 해서 10여 년 전부터 그러고 있다. 기제사를 지낸다고 해도 예전 농촌에 몰려 살 때와 달리 고조나 증조 제사에 참여할 사람이 없으니 나름 그게 합리적이기도 하다.

시제가 전국적으로 없어지고 있는지 어떤지 분명치 않다. 어쨌거나 지리산 자락인 하동은 아직 여러 가지 각자의 방법으로 시제를 지내는 중이다. 처가의 원적 동네는 경북 상주인데 처남들이 시제 참여차 왔다 갔다한다는 이야기를 듣고 있어서 그 지역도 그런가 보다 하고 있다.

기제사와 명절 제사도 이젠 거의 지내지 않는 세태다. 아내가 떠난 몇 년간의 경험 끝에 나도 명절 제사를 하지 않는 것으로 결론을 냈다. 아내가 없는 상태에서 며느리들과 협력해 제사를 지내기가 생각보단 어려운 점이 많고 여행에 목숨 거는 요즘 아이들에게 여행할 시간을 만들어 주려면 그나마 명절을 쓰게 해야 할 것 같아서다.

기제사마저 없애야 할지는 아직 결심이 서지 않고 있다. 대신에 합사로 횟수를 좀 더 줄일 것을 생각하고 있다. 기제사나 명절 제사를 안 지내니 묘사에 해당하는 시제는 오히려 잘 지내야 할 것 같기도 하고, 반대로 기제사도 안 지내고 벌초도 안 하려고 하는데 시제가 무슨 말이냐 하는 것도 일리가 없지 않다.

시제도 또 한 번의 변화가 필요한 것 같다. 우리 집안도 70대 아저씨들의 시대까지만 시제는 유효할 것으로 보인다. 현재의 50대만 해도 집에서 제물을 준비해 산으로 가져오라는 것은 반문명적인 요구가 될 것이다. 제물도 없는 시제는 또 시제가 아닌 것 같기도 하고….

5. 아내의 갈치

집 근처 마트 생선 코너에서 한참을 머뭇거렸다. 크고 좋은 제주 생갈치는 한 마리가 3만 원이다. 그 옆에 있는 크기가 비슷한 '냉동 후 해동' 제주 갈치는 두 마리를 포장한 것이 1만 5천 원쯤 됐다. 냉동 갈치에는 '물가 안정용 비축물'이라는 소제목이 붙었다.

모든 먹거리가 비슷하긴 해도 특히 갈치는 생물이 해동보다는 두 배쯤 더 맛있다. 독거하는 '아재' 입장에서는 큰 갈치 두 마리를 한꺼번에 사서는 소화하기도 어렵다. 나중에 3분의 1은 버리게 될 것이다. 그런데도 결국 맛은 덜하고 양은 두 배인 해동 갈치를 들고나왔다.

갈치는 오랫동안 2만 원을 기준으로 서민용과 부자용이 갈린 것으로 기억한다. 2만 원이 넘는 생갈치는 보기에도 살이 부드럽고 맛있게 생겼다. 거기에 비해 만 원 근방의 갈치는 냉동 후 해동 갈치거나 같은 생갈치라도 2만 원짜리보다 당연히 가늘고 살이 적다. 큰 생갈치의 맛은 구워 먹으나 찌개로 끓여 먹으나 냉동이나 잔갈치의 그것과는 차원이 다르다.

어쩐 일인지 내 기억으로는 지난 수십 년간 갈치에 대한 서민용과 부자용의 기준선은 늘 2만 원이었다. 그동안 생필품 가격이 많이 올랐을 텐데도 갈칫값만 크게 변하지 않았거나 아니라면 내 기억에 문제가 있을 것이다. 기억이 틀렸다면 한동안은 만 원이 기준선이었다가 최근 들어 2만 원으로 바뀌었을 수도 있지 싶다.

수십 년이라는 것은 아내와의 결혼생활 기간이다. 어쩌다 같이 시장이나 마트에 갈 때면 나는 늘 크고 좋은 고급 생갈치에 마음이 꽂혔지만, 아내의 이데올로기화된 절약의 벽을 넘기에는 언제나 나의 설득력이 떨어졌다. 아들 둘이어서 네 식구고 중간 정도의 월급쟁이 형편이면 만 원 부근의 갈치가 정상이긴 했다. 그렇다곤 해도 가장의 소울푸드에 대한 '사치'를 한 번쯤 못들어 줄 빈곤은 아니었다. 아내는 수백 번도 넘게 갈치를 샀겠지만, 단 한 번도 부자 갈치로의 일탈을 허용하지 않았다.

고향 동네는 바닷가에서 40여 리쯤 떨어진 농촌이다. 거리가 있는데도 생선 장수 아줌마들은 새벽 포구에서 산 생선이나 바지락 꼬막들을 이고 버스를 타고 와서는 가가호호 방문판매를 했다. 벼나 보리 됫박을 들고 생선 장수 아줌마들을 반겼던 아버지 덕에 우리는 바닷가가 아닌데도 싱싱한 해산물을 많이 먹는 행운을 누렸다.

생선은 주로 남해안, 특히 삼천포 앞바다에서 많이 나던 갈치거나 전어였다. 무를 넣고 쌀뜨물을 부어 찌개처럼 끓여 고춧가루를 푼 갈칫국은 어린 시절 정말 최고로 맛있는 음식이었다. 특히 가을 추수철에 살 오른 큰 생갈치에 김장 무를 삐져 넣고 끓였을 때가 가장 맛있었다. 나는 아직도 이보다 더 맛있는 반찬을 만나보지 못했다.

결혼 후에도 갈치찌개는 우리 집에서 가장 자주 하고 좋아하는 음식이 됐다. 대신에 남쪽과 서울식을 절충해 고향의 그것보다는 좀 더 조림 쪽에 가까웠는데 그래도 국으로서의 성격도 잃지 않도록 아내가 조절을 잘해주었다. 자연히 아들들에게도 갈치찌개는 소울푸드여서 그들도 갈치를 자주 먹는 모양이다.

아내를 떠나보낸 후 아들들의 집을 들렀다가 식탁 위의 갈치를 볼 때도 '아내의 갈치'와 만나게 된다. 그들의 식탁에 올라 있는 갈치는 내가 꿈꿨지만 한 번도 집에서는 먹어보지 못했던 바로 그 크고 냉동하지 않은 부자 갈치들이다.

아들이나 며느리가 우리 부부의 '2만 원 갈치'에 얽힌 쪼잔한 사연을 알 리 없고, 기억해야 할 이유도 없다. 아들들의 시대는 우리보다 열 배는 풍요롭고, 아버지의 직업보다 훨씬 수입이 좋은 직업과 직장들을 가졌으니 당연히 부자 갈치를 먹어야 할 일이다. 그런데도 나는 아들 식탁 위의 갈치에서, 마트의 갈치에서 아내를 만나고 있다.

나도 이젠 아내의 2만 원 갈치에서 자유로울 수 있다. 골프 한번 칠 돈이면 부자 갈치를 열 마리도 넘게 살 수 있다. 나는 친구들의 골프 초청을 마다하지 않는 편이고 그럴 여유도 있다. 골프를 자주 치면서 갈치는 2만 원 아래여야 한다는 것은 아마도 상황과는 맞지 않는 철 지난 이데올로기일 것이다. 그렇지만 그냥 나만이라도 갈치에 대해서만은 2만 원의 룰을 지켜야 할 것 같은 생각이 든다.

나 혼자만 그래야 하는 것이 억울(?)하긴 한데 나마저 아내의 갈치 룰을 깨면 이번에는 아내가 너무 억울해할 것 같아서다.

난소암과의 전쟁 8년의 기록

나의 반쪽 그대여 안녕

2024년 4월 5일 초판 1쇄 발행
지은이　김영만
그린이　김영희

펴낸이　권이지
편　집　권이지·이정아
교　정　천승현

인　쇄　성광인쇄
펴낸곳　홀리데이북스
등　록　2014년 11월 20일 제2014-000092호
주　소　서울시 금천구 가산디지털1로 16 가산2차 SKV1AP타워 1415호

전　화　02-6223-2302
팩　스　02-6223-2303
E-mail　editor@holidaybooks.co.kr

ISBN　979-11-91381-15-3 (03810)